D1936144

Liebe ...ing.

Frohe Weihnachten 95!

Monika &

Manfred

SV

Norbert Gstrein
Der Kommerzialrat

Bericht

Suhrkamp

Zweite Auflage 1995

Satz: Fotosatz Otto Gutfreund GmbH, Darmstadt
Druck: Pustet Regensburg
Printed in Germany

Der Kommerzialrat

I

Freunde

Zugegeben, es waren nicht Massen, die zur Beerdigung unseres Freundes, des Kommerzialrats Alois Marsoner, kamen, und es sind nicht die üblichen Kirchgänger gewesen, die sich frierend auf dem Friedhof eingefunden hatten, nicht die alten Betschwestern, die sonst immer beim ersten Glockenläuten aus den Häusern stürzten, und ihre paar männlichen Pendants, sondern neben ein paar Gästen vor allem Auswärtige, von denen wir die wenigsten kannten. Wir versuchten, uns damit zu trösten, daß viele weggeblieben waren, unter ihnen Honoratioren, weil es geschneit hatte und meterhoch Schnee lag, und weil die Kälte, die als Jahrhundertkälte apostrophiert wurde, auch am frühen Nachmittag, während die Zeremonie stattfand, nicht nachließ. Dazu kam, daß Saison war, und alle, die etwas darauf gaben, die Etikette zu wahren, hatten allein schon mit der Arbeit in ihren Hotels, in ihren Gasthäusern und Frühstückspensionen einen Vorwand. Tatsächlich war das die Begründung auf den meisten Beileidskarten, wo neben dem Vorgedruckten ein paar Worte standen, denen man entnehmen konnte, daß sich die Schreiber bemüht hatten, sachlich zu sein, und darüber hinaus nur, daß sie untereinander verschworen sein mußten. Zumindest war als

P. S. stets gleich zu lesen: »Wir kommen nicht zum Begräbnis.«

Es war, abgesehen von einer Messe unter Aufsicht des Dekans, die erste Amtshandlung des neuen Aushilfspfarrers, der schon in den Wochen davor, bevor er überhaupt da war, Aufsehen erregt hatte. Das Gerücht, das ihn stigmatisierte, ließ sich nicht auslöschen, er war im Gerede, und schließlich, als er in der toten Zeit, mitten im Jännerloch, ankam und am selben Tag noch mit seinen Spaziergängen begann, mit seinen sich wiederholenden Streifzügen von einem Dorfende zum anderen, wo er vor den Lawinenwarnschildern stehenblieb und umkehrte, wollten alle mit eigenen Augen gesehen haben, daß sich hinter der vermummten Gestalt ein Schwarzer verbarg. Auf jeden Fall stand er von Anfang an unter Beobachtung, und niemand ließ sich das Spektakel entgehen, als er seinen Einstand gab. Die Kirche war voll wie seit Menschengedenken nicht, und Gläubige wie Ungläubige mußten sich zurückhalten, ihn nicht zu beklatschen, als er in den Meßgewändern daherkam, wie ein Papagei, sagten die einen, wie ein Pfau, die anderen, wie ein Weiser aus dem Morgenland, und wir schüttelten den Kopf, als wir merkten, wie ernst er es nahm, weil er den Altarraum mit Weihrauch regelrecht ausräucherte, das Faß noch in die letzten Winkel schwenkte, wie um Geister auszutreiben, und mit weit ausholenden Bewegungen ein Kreuz ums andere in die Luft schlug. »Der Neger ist ein Teufelskerl«, war der Spruch des Tages. »Wir sollten uns von ihm missionieren lassen.«

Das Debakel konnte nicht seine Schuld sein. Der Grund, ob wir es wahrhaben wollten oder nicht, warum unserem Freund die Ehre versagt wurde, die ihm zustand, war in den Umständen seines Todes zu suchen, und wir mußten zufrieden sein, daß er überhaupt ein Begräbnis bekam, mit einem Pfarrer, wenn auch Aushilfspfarrer, und allem Drum und Dran, und daß ihm ein Grab an der Friedhofsmauer erspart geblieben war, neben den Gräbern von verunglückten Touristen, Andersgläubigen und Selbstmördern, neben dem Grab des Namenlosen, der ›Im Hinteren Eis‹ ausgeapert war. Denn die Stimmen der Frauen vom Kirchenverein lagen uns noch in den Ohren: »Der Verbrecher gehört in ungeweihter Erde verscharrt.«

Der Schlußpunkt war, daß wir, verloren in der untergehenden Sonne, am offenen Grab standen, als die angetretenen Blasmusiker ihr Programm abgespult hatten, um sich vorzeitig in die Milchbar zu verziehen, und auch die aus dem Nachbardorf zusammengelaufenen Schaulustigen allmählich zur Kenntnis nahmen, daß es nichts zu gaffen gab, und wir waren mit der Kommerzialrätin und ihren beiden Töchtern allein und lauschten, wie der Aushilfspfarrer die Verdienste unseres Freundes besang. Es war windig geworden, und wir schauten ihm zu, wie er sich mit der Liste abmühte, die wir aufgestellt hatten, und schielten von Zeit zu Zeit zu den Frauen, die verschleiert, in ihren Trauerkleidern wie sich zur Schau stellende Karnevalsfiguren wirkten, wie übergroße Totenvögel, die im Schnee gelandet waren. (Sie bewegten sich nicht, und trotz des Windes schien sich auch an ihnen nichts zu bewegen.)

Die Verdienste des Kommerzialrats sind nicht unbestritten, aber unbestritten ist, daß er zu Lebzeiten ein Mann der Tat war. Der Aufschwung, den unser Dorf erfahren hat, läßt sich kaum von seinem Namen trennen. Als Gemeindevertreter und Fremdenverkehrsobmann war er verantwortlich dafür, daß aus der ehemaligen Bauernsiedlung ein ›Modellort des internationalen Tourismus‹ geworden ist (zumindest war das sein Lieblingszitat), und alle Ämter aufzuzählen, die er nach und nach innegehabt hat, geht zu weit, immerhin, Feuerwehrhauptmann, Bergrettungs- und Schiklubobmann, und sogar Mesner soll er für ein paar Monate gewesen sein. Die Bilanzen, so viel ist sicher, haben sich sehen lassen können, und er hat lange den Ruf eines Freiheitskämpfers gehabt, auch wenn es nur ein Hirngespinst war, Fremdenverkehr als Glaubenskrieg, eine Schnapsidee sondergleichen.

Wir wunderten uns, daß ausgerechnet in dem Jahr, als das Reden von einer Krise nicht mehr zu überhören war, an einem Wochenende nach der Wintersaison vor dem Haus unseres Freundes ein Bus hielt und er selbst die Ankommenden, Zeitungsschreiber aus Hamburg, München und Frankfurt, wie sich herausstellte, alles Männer, willkommen hieß. Wir wunderten uns, als am Abend desselben Tages ein weiterer Wagen ankam, ein Wagen nur mit Frauen, unter denen außerordentliche Schönheiten waren, und während sie ausstiegen und, ohne sich umzuschauen, auch im Hotel Post verschwanden, entstanden schon Gerüchte, und wir wunderten uns nicht mehr. »Der Kommerzialrat versteht sein Geschäft«, sagten wir, als wir unsere Sprache wiedergefunden hatten. »Das muß man ihm lassen.«

Das war an einem Freitag, weder einer der Journalisten noch eine von den Damen ließ sich im Dorf blicken, und es nützte uns nichts, wenn wir das Hotel Post wieder und wieder umkreisten, die Vorhänge waren zu, die Fensterläden halb geschlossen, und an der Eingangstür hing ein

Schild mit der Aufschrift ›Privat. Der Fremdenverkehrsverband‹. Auch am Tag darauf, am Samstag, bekamen wir sie nicht zu Gesicht. Dafür konnten wir um die Mittagszeit einen Photographen und seinen Assistenten beobachten, wie sie Aufnahmen mit Kalendermotiven machten, Aufnahmen vom Stall und vom Stadel unseres einzigen noch lebenden Bauern (sie brauchten lange, bis sie zwischen den Hotels den richtigen Blickwinkel fanden), vom Altarkreuz, das sie zusammen mit dem Pfarrer aus der Kirche geschleppt und am Rand eines Forstwegs aufgestellt hatten, von einem gegen die Schindelfassade der Gemischtwarenhandlung gelehnten Alten, Aufnahmen von glitzernden, sonnendurchstrahlten Eiszapfenreihen, von blumenübersäten Schneefeldern und vom glänzenden, schmelzwassernassen Asphalt der Straße, und nachdem sie sich auch noch gegenseitig aufgenommen hatten, verschwanden sie hinter verschlossenen Türen. Am Nachmittag und am Abend bis lang in die Nacht war Musik aus dem Inneren zu hören, und wir brauchten nicht mehr als die Phantasie von Schwerenötern, um uns vorzustellen, wovon wir ausgeschlossen waren. Der Sonntag kam, und wir sahen zu, wie sie am Morgen alle, sichtlich mitgenommen, in die beiden Busse stiegen und abfuhren, und wenn wir uns überhaupt noch über etwas wundern konnten, wunderten wir uns nur, warum unser Freund versucht hatte, aus allem ein Geheimnis zu machen.

Ein paar Wochen später zeigte er uns die Berichte, die in den Reiseblättern erschienen waren, Hymnen, von einer Insel der Seligen, einer Oase der Ruhe, einem Ort des Stillstands war die Rede, meistens mit ein und derselben Überschrift versehen, ›Alles grüßt sich, alles kennt sich, alle sind sie wieder da‹, und wir saßen auf der Terrasse des Café Tirol in der Sonne, zündeten uns die Zigarren an, die er verteilt hatte, und lasen den Unsinn. Wir wußten, es brachte uns Gäste, es brachte uns Geld, und wir konnten in aller Ruhe die Tageszeitung aufschlagen und unsere Lektüre wie immer mit den Insolvenzen beginnen, mit den Ausgleichsverfahren und Bankrotterklärungen. »Prost«, sagten wir, »prost, Herr Kommerzialrat« (wir siezten ihn zum Spaß), und hoben unsere Gläser. »Wir sind stolz auf Sie.«

Die Ungereimtheiten, die es immer wieder gab, sahen wir ihm nach. Es interessierte uns nicht, ob seine Geschäftspraktiken korrekt waren, mochte das Gerede über Betrug, Amtsmißbrauch und Veruntreuung von Geldern stimmen oder auch nicht. Wir wußten, daß die Kellnerinnen, die Zimmermädchen und manchmal sogar die Küchenhilfen in seinem Hotel nicht sicher vor ihm waren, aber wir fanden nichts dabei, solange er nicht gegen die Prinzipien eines Ehrenmannes verstieß und niemanden zu seinem Glück zwang. Auch was er mit seiner Frau machte, ob er sie tatsächlich eingesperrt hielt, um sie vom Saufen abzubringen, ob er es gut mit ihr meinte oder ob er Angst vor einem Skandal hatte, war uns egal. Wir sprachen nur von Kavaliersdelikten, und wenn Vorwürfe laut wurden und er sich verteidigte, achteten wir nicht darauf, was er sagte, wir achteten darauf, wie er es sagte, ob im Kauderwelsch eines Kommunalpolitikers oder ob er ein Mensch geblieben war.

Die Veränderungen an ihm, die wir im nachhinein als Anfang vom Ende ansahen, begannen mehr als ein Jahr vor seinem Tod, und wenn wir sie zunächst unbeachtet ließen, so nur, weil es gerade da Anschläge auf Touristen gab und unser Dorf tagelang voll Journalisten war. Zum ersten Mal ging es nicht nur um die üblichen Bagatellen, Beschimpfungen, Beschädigungen von Autos und ähnliches, sondern um Handgreiflichkeiten, und wir ahnten, wenn wir nicht augenblicklich etwas unternahmen, war der Schaden nicht mehr gutzumachen. »Der Kommerzialrat«, einigten wir uns, »soll eine Erklärung abgeben.«

Wir wollten unseren Freund so weit bringen, daß er am Weihnachtsabend vor der Mitternachtsmette in der Kirche eine Beschwichtigungsrede hielt, aber er weigerte sich, und als am Wochenende darauf überall Gäste vorzeitig abreisten, sahen wir ihn vor seinem Hotel in der Sonne sitzen und zuschauen. »Das ist noch gar nichts«, prophezeite er uns. »Bald schon wird es Mord und Totschlag geben.«

Bis auf Silvester ließ er sich danach nicht blikken. Die paar Vorstöße, die wir wagten, scheiterten meistens, entweder war es seine Frau, die uns an der Tür den Weg versperrte, oder er selbst gab zu verstehen, daß er allein sein wollte. Zu Ostern hörten wir, daß er in der Klinik war, wegen seiner Herzgeschichten, hieß es, aber es hieß auch, auf Entziehungskur, und wir wußten, möglich war beides, und forschten nicht nach. Wir hatten es aufgegeben, uns um ihn zu kümmern, als er zurückkam und am Anfang so tat, als wäre nichts anders geworden. Dabei hatte er sich verändert, und wie, er wirkte auf eine Art durchsichtig, die wir an ihm nicht kannten, ausgemergelt, obwohl er seine Wampe noch hatte und seinen Fieberkopf, den von der kleinsten Anstrengung rotglühenden Schädel, aber sein Schnaufen war nicht mehr das Schnaufen eines Draufgängers, der vor Kraft außer sich zu sein schien. Das System

Mensch, das er war, stand nicht länger unter Überdruck, es kochte, es brodelte nicht in ihm, es kam zu keinen Explosionen. Er war nicht der Polterer von früher, er war ruhiger geworden, auch wenn es eine Ruhe zu sein schien, die er sich nicht ausgesucht hatte, eine Zwangsruhe, eine Ruhigstellung, die sich von einer Sekunde auf die andere auflösen konnte. Tatsächlich erhielten wir den Eindruck, er würde unter Medikamenten stehen, als er zum ersten Mal wieder in unserer Runde auftauchte und uns einen nach dem anderen wortlos umarmte und lange nicht losließ, und so versuchten wir auch zu erklären, warum er auf einmal sentimental wurde, aber es war eine Erklärung, an die wir nicht glaubten.

Das Saufen allein konnte es nicht sein. Wenn er ein Säufer war, waren wir alle Säufer, und auf so einen Blödsinn ließen wir uns nicht ein. (Wir lebten nicht schlecht.) Die Alkoholmengen, die er an seinen besten Tagen wegzuputzen vermochte, waren vor und nach seiner Abwesenheit Durchschnitt, nicht mehr und nicht weniger, und sicher kein Grund, ihn scheel anzuschauen. Jetzt trank er vielleicht gründlicher, geradeso, als wollte er sich Mut antrinken, und dann war es der Mut derer, die resigniert hatten, oder er erweckte den Anschein, mit seinem Trinken eine Arbeit zu verrichten. Ausfälligkeiten hatte es nie von ihm gegeben, und es gab auch in Zukunft nie welche, er wurde nur zurückhaltender, regloser, unerreichbarer für Fragen und saß da, als ginge ihn rundherum alles nichts an. Die Scherze, mit denen er sonst immer die Kellnerinnen zum Lachen gebracht hatte, mißglückten auf einmal, und was herauskam, war nicht anzüglich, nur steif, als wäre die Entfernung zwischen ihm und ihnen unüberwindbar geworden. Wenn er zu viel erwischt hatte, war etwas Soldatisches an ihm, und es kam vor, daß er auf seinem Stuhl die starre Haltung eines Militärs zu Pferd annahm oder daß er auf seinem Heimweg in einen verkümmerten Stechschritt verfiel und den Spazierstock, den er sich zugelegt hatte, wie ein Gewehr vor der Brust trug. Dann konnten wir manchmal hören, wie er seinen eigenen Menschen kommandierte, oft genug von einem Schluckauf unterbrochen, der ihn in solchen Situationen meist plagte, wieder und wieder ein ›Verzeihung‹, und wie er mit seinem ›linkszwo, linkszwo‹ in der Dunkelheit verschwand.

Wir hatten begonnen, ihn Sir zu nennen. Denn was auch immer er tat, er tat es mit Stil. Wir schauten ihm zu, wenn er am Vormittag mit seinem Geländewagen den Schotterweg zu der Ausschank hinaufzuckelte, die von einem Hasardeur, offenbar, von einem Zugereisten, im Niemandsland eröffnet worden war, und wenn er vor Sonnenuntergang wieder herunterkam, merkten wir, wie schnell er fuhr, der Dreck flog meterhoch hinter ihm auf, und der Lärm des Motors fegte in Druckwellen über das Tal, und im Näherkommen, daß er picobello aufgeputzt war und sich tatsächlich mit seinem neben ihm sitzenden und vom Geholper wie in einem fort nickenden Hund unterhielt. Wir machten uns unsere Gedanken, wie alle im Dorf, und sooft er auf Jagd ging und mit der Flinte, die davor schon sein Vater und der Vater seines Vaters gehabt hatten, im Wald verschwand, warteten wir auf einen Schuß, von dem wir wüßten, woher auch immer, es war nicht ein Schuß auf ein Tier. Dann sprang er im Rausch aus der Materialseilbahn, aus ein paar Metern Höhe, aus der offenen Kiste, mit der er sich zur Kontrolle an manchen Wochenenden zu seiner Schutzhütte in den Bergen hochziehen ließ, und wir gaben ihn verloren, auch wenn er nach ein paar Tagen im Krankenhaus mit einer Halskrause und beiden Armen in Gips wieder erschien. »Der Kommerzialrat lebt nicht mehr lange.«

Zu der Zeit hatte er seine Ämter alle schon aufgegeben. An seinem sechzigsten Geburtstag im Frühsommer trat er ein letztes Mal öffentlich auf, und es war nur eine kleine Schar Leute, die sich vor dem Feuerwehrhaus versammelt hatte, um die Ansprachen zu hören. Dann wurde es schnell still um ihn, und das Gerede, das es noch gab, war wie das Gerede über einen Toten, eine Mischung aus Verdammung und Legenden, oder es bezog sich auf seinen Gesundheitszustand. »Der Kommerzialrat hat einen Herzinfarkt gehabt«, hieß es, »er muß Krebs haben«, und wenn das nicht genügte, sprach man von einer Verschuldung in Millionenhöhe wie von der schlimmsten Krankheit, die vorstellbar war: »Das ist der Exitus.«

Wir wußten nicht, was ihm wirklich fehlte, aber als wir ihn an einem Abend besuchen gingen und überraschend vorgelassen wurden, staunten wir, wie sehr er Wert auf die Bemerkung legte, daß alles nicht seine Schuld war. Die Geschichte, die er uns dazu erzählte, hatte etwas Melodramatisches, und wir hörten ihm nicht richtig zu, als er sich lang und breit über seine Frau und seine beiden Töchter ausließ. Am Tag darauf erinnerten wir uns schon kaum mehr daran, obwohl wir selbstverständlich gemerkt hatten, wie dringlich es ihm war, ein Bekenntnis abzulegen, und wenn ein Hilferuf dahintersteckte, kam er nicht an, weil wir von ihm die verrücktesten Dinge erwartet hatten, aber sicher nicht das.

Ins Gerede kam unser Freund wieder, als er sich auf ein Verhältnis mit der Diva einließ, einer Schauspielerin aus Spanien, die, mittlerweile im besten Alter, seit mehr als dreißig Jahren Stammgast war. Wir wunderten uns, weil er sie so lange verschmäht hatte, seit seiner Junggesellenzeit, und weil er der einzige Mann im Dorf war, ob verheiratet oder unverheiratet, der nicht etwas mit ihr gehabt hatte oder sich zumindest gewünscht hatte, etwas mit ihr zu haben. Die Angebote, mit denen sie ihn angeblich ködern wollte, waren Legende, wir alle wußten davon, sie würde ihn zum Film bringen, so jung und so schön, wie er war (wir alle waren jung und schön), sie würde ihn reich machen, berühmt, sie würde ihm die Welt zeigen und, wenn er wollte, nicht von seiner Seite weichen, und niemand verstand, warum er so störrisch war, wie auch niemand verstehen konnte, warum auf einmal nicht mehr. Wir kamen zum Schluß, daß er sich aufgegeben haben mußte, und wahrscheinlich war es nicht nur ein Spruch, wenn er uns stets von neuem beschwor: »Es ist mir alles egal.«

Die Diva, Yliana Kira Loveraz war ihr Name, hatte seit ihrem ersten Auftreten wieder und wieder Aufsehen erregt, seit sie an einem Spätwintertag allein im Dorf aufgetaucht war, nach der neuesten Mode gekleidet, mit Keilhosen, die den einheimischen Frauen von ihren Männern verboten waren, und einem Pullover mit Norwegermuster, mit Stirnband und Sonnenbrille, und sich mir nichts, dir nichts, ohne auf das sofort einsetzende Getuschel zu achten, einen Privatschilehrer geschnappt hatte, zufällig, oder auch nicht, unseren Freund. Sie kam Jahr für Jahr wieder, und Jahr für Jahr wiederholte sich das Ritual, wie sie auf dem Sammelplatz auftrat und nach dem ersten Mal immer nur ihn wollte, solange er noch nicht unter der Haube war, noch nicht Inhaber, oder genauer, Mitinhaber des Hotel Post. Dann blieb sie ein paar Saisonen lang aus, und als sie wieder erschien, gab es keinen Zweifel, sie mußte sich ihn aus dem Kopf geschlagen haben. Zu der Zeit hatte sie schon ihre ersten Affären, Abenteuer mit den Bürschchen, die unablässig um sie herumscharwenzelten und sich mit ihren Erfolgen brüsteten, wenn sie erhört wurden. Die Techtelmechtel dauerten meistens nur ein paar Tage, und sie gab den anmaßenden Grünschnäbeln ohne Bedenken den Laufpaß, wenn sie ihrer überdrüssig war. So verschaffte sie sich Respekt, wenigstens am Anfang, und als das nicht mehr genügte, als sie älter wurde und ihre immer jüngeren Liebhaber es vorzogen, sich im Tageslicht nicht mit ihr zusammen sehen zu lassen, konnte ihr das Gerede nichts mehr anhaben, sie war längst schon eine Institution.

Wir hatten ihr über die Jahre zugeschaut, und nicht nur zugeschaut (wir alle waren ihre Liebhaber gewesen, Arnold Pfeiffer, Sebastian Flatscher und schließlich auch ich), und wir waren nie schlau aus ihr geworden. Wir wußten nicht, was sie außerhalb des Dorfes tat, in ihrem wirklichen Leben, wie wir sagten, vielleicht war sie tatsächlich an einem Theater in Deutschland, vielleicht auch nicht, wir wußten nicht, wer sie war, und wir stellten immer andere Mutmaßungen an, Frau oder Witwe eines reichen Mannes, reiche Frau (ohne Mann), und versteiften uns auf verarmten Adel, als sonst nichts mehr möglich zu sein schien. Der Glanz, ob echt oder nicht, hielt ein paar Winter lang an. Dann war sie nicht mehr so herausgeputzt, trug manchmal noch die Kleider von der vorherigen Saison, sie kam weniger auffallend, weniger bunt daher, zwar unverändert mit dem Flair einer Dame von Welt, auf das sie achtete, aber ohne Schnickschnack, ohne die Frisurenarrangements, die sie sonst oft gehabt hatte, und zuletzt pendelte sich ihr Stil auf eine abweisende Eleganz ein, pflegeleicht, ohne Farben, schwarz und weiß. Bevor wir es merkten, war sie in ihrem Äußeren die Tante geworden, als die sie die Kinder immer gesehen hatten, wenn sie am Tag ihrer Ankunft von Haus zu Haus ging, um Süßigkeiten zu verteilen, ein Akt, den sie beibehielt, als die Kleinen heranwuchsen und sie für ihre Fürsorge zu belächeln begannen. Da war sie schon ein bißchen schrullig, von ihren Gewohnheiten nicht mehr abzubringen, und die Beschenkten nannten sie nach wie vor Millionärin, aber statt mit der alten Ehrfurcht auf einmal voll Spott.

Zuerst sahen wir sie gemeinsam die Straße hinausspazieren, auf eine Art ineinander eingehängt, deren Unbeholfenheit rührend war, und wir spöttelten: »Der Kommerzialrat und die Diva sind ein Paar.« Das war im Juni oder Juli, und eine Überraschung, einerseits, weil wir ihn lange nicht in Gesellschaft gesehen hatten, andererseits, weil sie noch nie im Sommer dagewesen war. Davor schon, als er sich manchmal mit niemandem auf ein Gespräch einlassen wollte außer mit ihr, auch wenn er ihr sonst immer aus dem Weg gegangen war, hatten wir gesagt: »Das ist der Anfang.« Dann sagten wir: »Unsinn.« Wir schlossen untereinander Wetten ab, und als wir sie zum ersten Mal zusammen ausfahren sahen, fiel uns nichts Besseres ein, als wieder und wieder zu sagen: »Das ist ein Skandal.«

Wir schüttelten den Kopf, als sie im offenen Wagen, im Schrittempo, nicht viel schneller, an den Sonntagsspaziergängern vorbeizuckelten, zwischen sich einen Picknickkorb, der Kommerzialrat, noch nicht lange von seinen Gipsen und von seiner Halskrause befreit, stocknüchtern, angeblich, aber so steif, wie er sonst nur in seinen schwersten Räuschen war, in einer seiner Jägeruniformen, wahrscheinlich mit Korsett, und die Abzeichen, die er sich an die Brust geheftet hatte, glänzten in der Sonne, die Feder auf seinem Hut schlenkerte im Fahrtwind, während die Diva sich so aufgetakelt hatte wie in ihrem ersten Jahr und ihm in einer theatralischen Geste um den Hals gefallen war. »Das darf doch nicht wahr sein«, sagten wir, »unglaublich«, und wir wiederholten es im Chor: »Unglaublich.«

Da mischten sich aber auch schon die Frauen vom Kirchenverein ein. »Der Kommerzialrat ist ein Hurenbock«, zeterten sie mit der Selbstgerechtigkeit der Zukurzgekommenen, »und Yliana Kira Loveraz, eine Person mit einem solchen Namen, kann keine Dame sein.«

Bald darauf zog die Diva mit Sack und Pack im Hotel Post ein, und sie blieb, abgesehen von einer Woche im August, in der sie nach Madrid mußte (angeblich war der Kommerzialrat drauf und dran gewesen, sie zu begleiten), den ganzen Sommer. Man sah sie fast tagtäglich zusammen, weil sie oft außer Haus aßen, einmal da, einmal dort, bis sie alle Restaurants durch hatten, und weil sie sich auch sonst nicht verkrochen. Sie hätten eines der Paare sein können, die zu der Jahreszeit in der Gegend die Hauptklientel bildeten, Vorruheständler, vom Arzt ins Gebirge geschickt, Romantiker des späten Glücks oder auch nur Naturliebhaber, wären nicht die Exzesse gewesen. Denn obwohl unser Freund weniger trank als in den Monaten davor, übertrieb er es von Zeit zu Zeit, und statt leiser zu werden, wie sonst immer, wurde er laut, aber es war unklar, gegen wen sich seine Ausbrüche richteten. Dann vermochte seine Begleiterin nicht, ihn zu beschwichtigen, und trug sogar dazu bei, oder sie war von Anfang an der Grund, daß er außer sich geriet. Trotzdem blieben es Kleinigkeiten, die sie stets meisterten, und auch wenn am Ende einer Auseinandersetzung manchmal er schreiend davonlief, manchmal sie, kam es nie wirklich zum Eklat, auf den die Schaulustigen, die um sie herumschwirrten, warteten.

Statt dessen gab es eine Vielzahl von Gerüchten. Im Hotel Post, hieß es, das wie andere Hotels auch, wegen der Anschläge auf Touristen, über Monate so gut wie leer geblieben war, nahmen sie sich jeden Tag ein anderes Zimmer und übersiedelten im vollständig gedeckten Speisesaal von Tisch zu Tisch. Als wären es Vergehen, wurde erzählt, daß sie oft bis in den Vormittag oder gar bis in den Nachmittag hinein schliefen, daß sie sich das Frühstück ans Bett bringen ließen und dann nur mit weißen Bademänteln bekleidet durchs Haus schlurften, und es kam einem Sündenfall gleich, wenn sie zusammen in die Sauna gingen oder wenn sie kindisch genug waren, sich gegenseitig zu füttern. Die Angestellten hatten die meiste Zeit nur mit ihnen zu tun und beklagten sich, daß der Kommerzialrat, ansonsten umgänglich, auf einmal den Herrn des Hauses hervorkehrte, pingelig darauf bedacht, daß alles etepetete war, als wäre sein Familienbetrieb eine Nobelabsteige, von der Diva gar nicht zu reden, die von vornherein die Dame spielte und nur einen Wunsch zu äußern brauchte, egal, was es war, und es wurde ihr als Extravaganz ausgelegt.

Wir kannten ein Porträtbild von der Diva, auf dem sie sich im Reitzeug hatte malen lassen, mit Stiefeln und einer Reithose, Handschuhe in der einen Hand, in der anderen eine Gerte, und in ihrem Gesicht war ein Anflug von Röte, wie nach einem Ritt, in der Haltung, die sie einnahm, die Art von Steifheit, die aristokratisch genannt wurde, und wenn man ihren Körper beschreiben wollte, kam man um das Vokabular mancher Romanschriftsteller kaum herum, ›biegsam‹, ›straff‹ und ›mädchenhaft‹. Sie stand in der Abendsonne am Strand, ihren Blick aufs Meer gerichtet, und den Hintergrund bildete ein Raster weißer Kuben, gerade noch als Ansammlung von Häusern erkennbar, mit überdeutlichen Aufschriften, ›Hotel‹, auf allen gleich, mit weichen, manchmal verschwindenden Begrenzungslinien und einem Schattenwurf, der den Regeln der Geometrie widersprach. »Y. K. L.«, war auf dem Rahmen zu lesen. »Conil de la Frontier, 2. Mai 1961.«

Die Frau unseres Freundes, die auch sonst nicht oft zu sehen gewesen war, verschwand ganz, wir wußten nicht, ob tatsächlich eingesperrt oder ob sie sich selbst eingesperrt hatte, um dem Treiben nicht zuschauen zu müssen. Dann war eine Zeitlang von einer Weltreise die Rede, und, als wäre es ein und dasselbe, von einem Nervenzusammenbruch, von einer Einlieferung ins Gelbe Häuschen, und selbstverständlich, wie immer, wenn jemand sich länger nicht blicken ließ, wurde behauptet, daß sie in Wirklichkeit auf einer Entziehungskur war. Tatsächlich gab es Leute, die in ihren Mutmaßungen so weit gingen, daß sie in der Affäre zwischen dem Kommerzialrat und der Diva ein Ablenkungsmanöver sahen, um sie ohne Aufsehen trockenlegen zu können.

Von allem wenig mitgenommen schienen die beiden Töchter zu sein, oder sie ließen sich zumindest nichts anmerken. Sie gingen zu Hause ein und aus wie eh und je, und wenn sie uns verstört vorkamen, konnte es genausogut andere

Gründe haben, oder es lag an der Art unserer Beobachtung. Schließlich waren sie keine Kinder mehr, und nach allem, was uns unser Freund anvertraut hatte, konnte man nicht sagen, sie wären ohne Erfahrung. »Der Alte soll tun, was er will«, war der Kommentar, den sie abgaben. »Solange wir unseren Frieden vor ihm haben, kümmert es uns nicht.«

Die Töchter des Kommerzialrats, Thérèse und Sophie, waren lange zu jung, so daß wir uns nicht wirklich für sie interessierten, und später, im richtigen Alter, wußten sie mit uns umzugehen, ohne sich um unsere Schönredereien zu scheren. Oft, wenn wir sie sahen, sahen wir sie wie aus der Ferne, mehr mit den Blicken unseres Freundes, der uns immer wieder von seinen Mädchen erzählte, als mit eigenen Augen. Trotzdem ahnten wir natürlich, daß die Bilder, die er von ihnen hatte, nicht stimmten, so sehr neigte er zur Schwarzweißmalerei, und wenn er aus der Älteren einen Drachen machte, während er die Jüngere vergötterte, widersprachen wir ihm, oder wir widersprachen ihm nicht und ließen ihn mit seinen Monologen allein.

Denn ohne Zweifel waren sich die Schwestern ähnlich, unabhängig von ihrem Altersunterschied, von den fast zehn Jahren, die man auf Anhieb nicht unbedingt sah. Beide waren groß und schlank, sie hatten nichts Zerbrechliches an sich, eher etwas Zähes, einen Körper, an den man über den Gang erinnert wurde, einen Männergang, ein Dahinschreiten ohne Koketterie, und daß die eine unfertiger wirkte, als sie tatsächlich war, während die andere viel zu früh als volljährig durchging, lag wahrscheinlich an der Art ihres Auftretens, an ihrer Burschikosität. Es war das gleiche Gesicht, der gleiche Schnitt des Mundes, der gleiche Bogen der Nase, die gleiche Stellung der Backenknochen, und das dunkle Haar und die dunkle Tönung der Haut trugen ihnen das Allerweltsprädikat ›südländisch‹ ein. Dunkel waren auch ihre Augen, aber während der Blick der einen manchmal etwas Entrücktes annahm, sie schien so lange gewartet zu haben, daß sie nicht mehr wußte, worauf, schaute die andere stets in die Welt, als würde alles nur ihretwegen existieren. Dabei waren sie gleichermaßen leutescheu, am liebsten allein, und die Umgänglichkeit, die ihnen nachgesagt wurde, diente dazu, das zu kaschieren.

Die Sorgen, die der Kommerzialrat wegen Thérèse hatte, ließen sich nicht übersehen, angefangen mit ihrem Scheitern an allen Schulen, sie war jedesmal wieder nach wenigen Wochen aus der Stadt zurückgekommen, angeblich aus Heimweh, über ihr Kind, die Tochter, die sie in die Welt gesetzt hatte, ohne den Namen des Vaters zu verraten, und ihre Antriebslosigkeit, die ihn fuchsteufelswild machte, bis hin zu ihrer Neigung zum Grübeln. Er warf ihr vor, daß sie sich, und mit sich ihn, als Kellnerin in anderen Lokalen, vor allem in der ›Alpenrose‹, dem Gespött der Leute aussetzte, zuerst noch in der Hoffnung, sie überzeugen zu können, etwas Anständiges zu tun, aber allmählich nur mehr als Klage über sein Schicksal. In seinen Worten zerstörte sie ihre Anlagen und verschleuderte das Kapital, das er in sie investiert hatte, ohne auf ihn Rücksicht zu nehmen, und bevor sie sich verteidigen konnte, schrieb er sie schon ab. Oft genug wurde er zynisch, wenn er über sie sprach, und es brauchte nicht viel, und er war nicht mehr wiederzuerkennen, sobald er, angetrunken, mit Zoten kam und sich in einem endlosen Zitieren von Männerwitzen erging. Dann kannte er ihr gegenüber keine Zimperlichkeiten, bis er wieder nüchtern war, und es hatte etwas Marktschreierisches, als wollte er sie unbedingt an den Mann bringen, wenn er sie anpries wie ein Stück Vieh. »Thérèse, der Trampel, frißt wie ein Mähdrescher«, war ein Spruch am Beginn ihrer Schwangerschaft gewesen. »Sie steht gut im Futter, ein Dutzend Kamele, und sie gehört dem Schnellentschlossenen.«

Dagegen war er in Sophie auf eine geradezu aberwitzige Weise vernarrt. Die Gerüchte wollten, daß sie noch kaum gehen konnte, als er sie schon in einem fort in seiner Nähe hatte, ob es stimmte oder nicht, und es war kein Geheimnis, wie gern er sich später immer mit ihr sehen ließ. Man hatte ihn, außer am Anfang, nur selten mit seiner Frau gemeinsam getroffen, und plötzlich traf man ihn öfter und öfter mit der Kleinen, manchmal sogar in Gasthäusern, wo er trank, was sie trank, wenn man den Kellnerinnen glauben wollte, auf jeden Fall nie Alkohol. Bei offiziellen Anlässen, wenn ihn eines seiner Ämter zwang, an einem Abendessen teilzunehmen, konnte es geschehen, daß sie an den Wochenenden, die sie daheim verbrachte (oder in den Ferien), seine Begleiterin war. Dann schien es ihm ein Anliegen zu sein, sie am Sonntagabend oder am Montagmorgen in die Schule zu chauffieren, und er holte sie am Samstag zu Mittag auch wieder ab, oder wenn er keine Zeit hatte, ließ er sie die ganze Strecke im Taxi kommen. Damit, aber auch mit den Geschenken, die er ihr scheinbar wahllos machte, mußte er ihr den Kopf verdrehen, oder mit den Dutzenden von anderen Aufmerksamkeiten, den Komplimenten und seinen Versprechen, mit denen er sich stets von neuem übertraf. Angeblich konnte sie alles von ihm haben, was man eben unter ›alles‹ verstand, und Beschränkungen gab es nur, wenn er ihren Umgang vorsortierte, zumindest versuchte er es, und, sooft sie ausging, genau darauf achtete, wann sie sich wieder zu Hause einfand. Die Geschichte, wie er sie einmal mitten in der Nacht suchen gegangen war, wurde wieder und wieder erzählt, wie er sich mit seinem Mondkalb von Hund von Tanzlokal zu Tanzlokal geschlagen hatte, um nach dem Eintreten so lange ohne Bewegung zwischen den Tanzenden zu stehen, bis sie seinen Blick sahen und vor ihm zurückwichen. Die Musik wurde leise gedreht, und erst in der Stille kam seine Frage, und während er wartete, weniger auf Antwort als darauf, daß alle seinen Auftritt mitverfolgten, ging einmal die Deckenbeleuchtung an, einmal blieb es dunkel, und die Scheinwerferstrahlen strichen lautlos über sein Gesicht, daß es, von Mal zu Mal gleich, ein Bild biblischen Zorns war. »Der Kommerzialrat ist am Verrücktwerden.«

Das war die Ausgangslage im Herbst, bevor alles begann. Gewiß, die Schilderung, wie unser Freund mit seinen Töchtern umging, mochte übertrieben erscheinen, vielleicht war sie es, vielleicht auch nicht, aber sie traf auf jeden Fall die Spitzen wie den Kern. Bis auf die Ausnahmen, wo er von sich aus damit anfing, mischten wir uns nicht ein. Dazu kam, daß wir Sophie, wenn sie in der Schule war, über Wochen nicht sehen konnten, während wir Thérèse von Zeit zu Zeit zwar sahen, meistens auf unseren üblichen Runden im Lokal, in dem sie gerade bediente, aber nicht von ihr behaupten wollten, daß sie uns zuvorkommender oder weniger zuvorkommend behandelte als andere Gäste, wir waren für sie nur die Saufgenossen ihres Vaters. Als wir zu Weihnachten unseren Anstandsbesuch im Hotel Post machten, stießen wir auf beide zusammen, und es gab nichts, was uns auffiel, zumindest nichts, woran wir später zurückdachten, sie waren wie immer.

Die Geschichte, die uns der Kommerzialrat unter ständigen Beteuerungen der Wahrheit erzählt hatte, nahmen wir am Anfang nicht ernst, oder wir nahmen sie ernst und beruhigten uns damit, daß es Ärgeres gab. Wenn er die Schuld an seinem Unglück abwälzen wollte, mußte es uns egal sein, und wahrscheinlich dauerte es ohnehin nicht lange, bis er sich aufrappelte, und alles war wieder im reinen. Sicher, wir machten uns Sorgen, besonders zu Beginn des Sommers, als er nach einer Reihe von Ausfällen aus dem öffentlichen Leben verschwand, aber wir verloren nicht unseren Glauben an ihn. Obwohl wir ahnten, wie schlecht es ihm ging, als er seine Affäre mit der

Diva begann, mochte er seinen überraschenden Frühling auch noch so ausgiebig feiern, kamen wir nicht auf die Idee, die Tatsache, daß er sie zu guter Letzt erhört hatte, könnte etwas mit seinen Klagen zu tun haben, und als sie Ende September oder Anfang Oktober abreiste, mit dem Vorsatz wiederzukommen (wir wußten nicht, ob es ein Versprechen oder eine Drohung war), sagten wir, aus den Augen, aus dem Sinn, weil wir keine Zeit mehr hatten, uns den Kopf über Kleinigkeiten zu zerbrechen.

Denn obwohl die Saison vorbei war, und von einer Saison konnte man in Wirklichkeit auch gar nicht reden, auf jeden Fall nicht so, wie man es sich seit den Vollauslastungen in der Vergangenheit angewöhnt hatte, war es in den ersten Oktobertagen wieder zu einem Zusammenstoß mit einem Touristen gekommen. Wenn die Berichte stimmten, und natürlich stimmten sie, hatten Einheimische einen Deutschen, angeblich einen wichtigen Mann, nach einem Streit auf der Straße krankenhausreif geschlagen, und es war von vornherein klar, daß wir diesen Vorfall nicht mehr mir nichts, dir nichts aus der Welt schaffen konnten, wie wir die Vorfälle im Winter aus der Welt geschafft hatten. Es verging kein Tag, und von neuem trieben sich überall im Dorf Journalisten herum, aber es waren andere Kaliber als damals, neben den üblichen Schmutzfinken von Lokalzeitungen nicht mehr ausschließlich Waschlappen, die sich kaufen ließen, sondern ganze Kerle, die, wenn schon, selbst kauften, Starreporter von Illustrierten und Boulevardblättern mit riesigen Auflagen. Sie wühlten im Dreck, bevor wir auch nur daran denken konnten, sie zu beschwichtigen, zauberten Zeugen herbei, die ihnen belegten, was sie belegt haben wollten, sprachen mit Alten und Schulkindern und ließen sich von ihrem Trumpf und Schlag, einem landauf, landab als Scharlatan bekannten Volkskundler, die Tonbänder mit seinen Lamentos, seinen Schwüren und Flüchen und seinem rückständigen Zeug von einem Paradies in den Bergen volleiern. Schon waren sie wieder verschwunden, und als der zuständige Landesrat mit einer Sonderkommission aus Innsbruck anreiste und so tat, als wäre er in einem Kriegsgebiet, mußten wir froh sein, daß sie seine ›Pressekonferenz‹ in der Kirche nicht mehr mitbekamen, seine Selbstüberschätzung, mit der er glaubte, ein paar Sprüche genügten, ein paar Verweise auf ein gemeinsames Schicksal, eine Prise Bergbauerncharme, und alles war wieder in Ordnung. Wir wußten, daß die Katastrophe so erst ihren offiziellen Charakter annahm, ›Die Erhebungen der Gendarmerie sind in vollem Gang‹, und pfiffen ihn aus, ›Arschloch‹, als er sich nach nicht viel mehr als einer Stunde zurückzog und, schon im Auto, selbstsicher winkend versprach: »Wir tun alles, was in unserer Macht steht.«

Bis wir alles getan hatten, was in unserer Macht stand, Arnold Pfeiffer und Sebastian Flatscher teilten sich seit dem Ausfall des Kommerzialrats das Amt des Fremdenverkehrsobmanns, und auch ich nahm an den meisten Entscheidungen teil, waren Wochen vergangen. Wir hatten Bitt- und Entschuldigungsbriefe geschrieben, Annoncen aufgegeben und Angebote mit geradezu selbstmörderischen Preisnachlässen von sämtlichen Zimmervermietern im Ort organisiert. Wir hatten dem Opfer am Krankenhausbett Abbitte geleistet, obwohl sich der Kerl so affig aufführte, daß es eine Zumutung war, unser Angebot überbracht, einen Monat Gratisurlaub, und uns mit ihm neben einem überdimensionalen Blumenbukett photographieren lassen. Wir hatten, Narren, die wir waren, sogar eine Wienreise unternommen und in Wien einen Irrgang von Behörde zu Behörde, bis man uns Zuschüsse aus einem Katastrophenfonds zusicherte, allein die Zuschüsse trafen nie ein.

Manchmal versuchten wir am Anfang noch, unseren Freund um Rat zu fragen, obwohl wir keinen Rat brauchten, wir wollten ihm zeigen, daß er unersetzbar war, aber er ließ uns nach der

Abreise der Diva nicht an sich heran, und wir gaben es auf. Wir verloren ihn aus den Augen, ohne es wirklich zu merken, wir merkten auf einmal, er existierte nicht mehr, wir merkten, daß es auch ohne ihn ging, und nicht selten ohne sein Sicherheitsdenken, sein Besserwissen und seine Überheblichkeit leichter, und wir gewöhnten uns daran, daß unsere eigenen Entscheidungen zählten. Unmittelbar nach den ersten ausgiebigen Schneefällen in den Bergen verbrachten wir zur Erholung vierzehn Tage in der Türkei, und als wir zurückkamen, sahen wir ihn lange Zeit nicht. Wir sahen ihn wieder zu Beginn der Wintersaison, als alles schon in Gang war, wir sahen ihn wie einen Westernhelden von einem Dorfende zum anderen gehen, und wir übersahen nichts mehr, weil wir nichts mehr übersehen konnten.

II

Die Tage,
an denen Brieftauben
ausgeschickt wurden

Die Geschichte begann damit, daß Thérèse auf einmal einen Freund hatte, aber natürlich wußte ich damals noch nicht, daß das der Beginn war. Es gab nichts dagegen zu sagen, schließlich sollte sie in ihrem Alter tun, was sie wollte, und wenn, mußten einen eher ihre Versteckspielereien nachdenklich stimmen, die sie so lange praktiziert hatte, bis sie endlich zu etwas stand. Als Kellnerin in allen möglichen Hotelbars war sie immer wieder über Nacht weggeblieben, wie auch nicht, aber wenn sie tags darauf erzählte, wo sie sich herumgetrieben hatte, blieb stets von neuem das letzte, was von Interesse sein konnte, ein Mann. Davon war nach wie vor keine Rede, als sie ihr Kind bekam, und während ich ihr wochen- und monatelang zusetzte, den Verbrecher preiszugeben, tatsächlich hörte ich niemals damit auf, wurde sie nur immer verstockter. Es war nichts mehr mit ihr anzufangen, als sie nach und nach die ehrenwerte Frau hervorkehrte, Art und Auftreten so lange änderte, bis sie kaum noch von irgendwelchen Frömmlerinnen zu unterscheiden war, und sich in der Rolle eines Opfers sichtlich gefiel. Sie gab ihren Launen nach, als könnte sie Gott und die Welt verantwortlich machen, ohne daß ihr klar war, wofür, sie wollte in Ruhe gelassen werden, aber wenn man sie in Ruhe ließ, schien es genauso wenig richtig zu sein, sie spielte die Unberührbare, und nur weil ich ihr Vater war, hielt ich mich zurück, ihr ein Abenteuer zu empfehlen. Ohne Zweifel konnte ihr eine Bekanntschaft nicht schaden, und als der Kerl die Bühne betrat, freute ich mich, obwohl ich von ihm vorher nichts in Erfahrung gebracht hatte, weder seinen Namen noch sonst etwas.

Zuerst fiel mir nur auf, daß Thérèse von einem Tag auf den anderen wieder ansprechbar war. Dazu kam, daß sie anregte, ab und an gemeinsam zu essen, nicht daß mir etwas daran lag, aber es war eine Geste, und so, sie hatte gerade keine Arbeit, sahen wir uns zu Mittag und am Abend, und einmal, an einem Wochenende, als Sophie zu Hause war und meine Frau keine Ausrede hatte, beschäftigt zu sein, saßen wir sogar zu viert, ohne das Kind, an einem Tisch. Zwar wirkte es eigenartig auf mich, dieses Bedürfnis, wie aus dem Nichts, eine heile Welt zu schaffen, oder auch nur die zugehörigen Bilder, aber von mir aus, sie mußte selbst wissen, was sie tat, obwohl wir uns genau dadurch mitunter so fühlten, als wären wir für unsere eigene Umgebung nicht fein genug. Jedenfalls wurde das Haus wieder heller, als sie aufhörte, sich zu verbarrikadieren, und es war mir eine Erleichterung, zu sehen, wie sie nicht mehr die Treppe hinauf- und herunterschlich oder manchmal schon wie ein altes Weib im Wohnzimmer herumsaß oder überhaupt tagelang in ihrer Kammer blieb. Auf einmal kam sie tatsächlich geflogen, auf einmal konnte sie überraschend verschwinden, und wenn sie zurückkehrte, war in ihren Augen dieses Changieren, dieses Helldunkel, dieses Davongaloppieren des Blicks, das man sonst nur in den Augen von Backfischen sah. War es in ihrem Alter schon ein Zeichen von Naivität?

Das war Mitte Dezember, unmittelbar vor der Saison, und ich hatte den Kerl schon gesehen, ehe ich eine Ahnung haben konnte, daß er es war. Später erinnerte ich mich immer daran, wie an den Anfang vom Ende, weil es an dem Tag war, als die ›Bar‹ eröffnet wurde und ich mit Pfeiffer, Flatscher und Dr. Giacomelli hinging. Es war nichts Besonderes, die Ansammlung von Einheimischen, die bei jedem Hundsausläuten zusammenkam, und wir standen an der Theke, tranken, um Flagge zu zeigen, auf daß die Konkurrenz nicht übermütig wurde, Champagner, sprachen über unsere Geschäfte, wie es üblich war, und ergingen uns wieder und wieder in Prophezeiungen, daß sich das Lokal als Schlag ins Wasser erweisen würde, innerhalb eines Jahres, wir hatten keine Zweifel, wäre es am Boden. Die Musik brachte uns schließlich zum Schweigen, und ich war drauf und dran, mich aus dem Staub zu machen, als ein Mitternachtsspektakel angekündigt wurde und ich noch zuschaute, wie auf einmal alle Aufstellung nahmen und ein Stutzer, von oben bis unten angetan mit Glitzerperlen, die Tanzfläche betrat, um in der plötzlichen Stille auf dem dort aufgebauten Schlagzeug ein Solo hinzuwirbeln. Das war er, das ›Feuerwerk der guten Laune‹, wie in riesengroßen Lettern auf den Plakaten stand, und als ich es erfuhr, ging es doch nicht so schmerzlos vonstatten, wie ich in meiner Verblendung gedacht hatte, Hauptsache ein Mann, wer, war egal, und ich wollte nicht wahrhaben, daß meine Tochter sich das antat, daß sie nicht mehr Phantasie haben sollte als irgendeine Landpomeranze und unter den Abertausenden von Narren, die es auf der Welt gab, ausgerechnet auf so einen hereinfallen mußte, einen Unterhaltungsamateur mit einem Künstlernamen.

Trotzdem reichte zu der Zeit noch ein Kopfschütteln, wenn mir der Kerl in den Sinn kam, um die Gedanken an ihn zu verscheuchen, und meine größte Sorge war, wie ich mit dem Spott meiner Freunde umging, mit ihrer Beharrlichkeit, wenn sie davon erfuhren, ihrer Hilfsbereitschaft, ihrem Angebot, mir zur Seite zu stehen, und ihren Schweinereien. Obwohl sie noch nichts von ihm wissen konnten, legte ich Wert auf ihre Meinung, und egal, ob Dr. Giacomelli ein Zyniker war, der über die Leute, die er behandelte, mitunter nicht anders sprach als über sein Vieh, das er sich als Hobby hielt, oder ob Pfeiffer und Flatscher versuchten, mich nachzuahmen, ich wußte, in ihnen hatte ich meine Menschen. Zumindest waren mir sowohl die Gesetztheit des einen, der, aufgedunsen, ohne Übertreibung wie sein eigener Gipskopf wirkte, als auch die Flapsigkeit der beiden anderen, ihre ständige Unruhe, ihre Nervosität, vertraut, und ob sie mir damit Rückhalt boten oder nicht, ein Hochstapler war ein Hochstapler, und ich sah weitum keine Gefahr.

Am Weihnachtsabend brachte Thérèse den Kerl mit, und ich kam aus dem Staunen nicht mehr heraus. Wie auch sonst immer an Festtagen wurden die Gäste vom Personal selbständig versorgt, und wir alle saßen zusammen im Wohnzimmer und hatten gerade mehr oder weniger schweigend, mehr oder weniger vorwurfsvoll, warum wir uns Jahr für Jahr darauf einließen (wahrscheinlich, wenn schon nichts anderes, würde es uns auch noch als Tote vereinen), unser Essen beendet, als er plötzlich neben ihr in der Tür stand und ich auf den ersten Blick sah, daß er größer als ich war, obwohl ich nicht wußte, warum ich mich damit überhaupt aufhielt. Dann sah ich seinen Pferdeschwanz, der mir in der ›Bar‹ entgangen war, ich sah, daß er sich zurechtgemacht hatte, daß er einen Anzug trug, der ihm vielleicht sogar eine Spur zu gut stand, ein Halstuch zum offenen Hemd, Manschettenknöpfe, eine Silberkette am Handgelenk und einen silbernen Armreif, zweifarbige Schuhe, schwarz-weiß, und er verströmte den Geruch eines Toilettenwassers, wahrscheinlich ebenso billig wie teuer erstanden. Beim Eintreten, wie um zu zeigen, daß er kein Windbeutel war, setzte er ein Lächeln auf, das garantiert wasserdicht und stoßfest zu sein schien, aber solange er es beibehielt, wirkte er schmerzlich verwundbar, und allein sein Blinzeln, oder daß es über Minuten ausbleiben konnte, sagte mir, er hatte seine Tiefschläge erst vor sich.

Das war sein Einstand, und obwohl der Abend für alle eine Qual wurde, so steif ging es zu, kam er von da an tagtäglich wieder. Gewöhnlich tauchte er irgendwann am Nachmittag oder vor dem Abendessen auf, setzte sich mit Thérèse und dem Kind in die Halle und blieb, bis er zur Arbeit ging, und sie folgte ihm später noch nach. Zwischen Weihnachten und Neujahr war das Wetter durchgehend schlecht, außer Haus hatte niemand etwas verloren, und meistens saßen sie tatsächlich mitten unter den Gästen, die nichts mit sich anzufangen wußten und so taten, als würden sie unter Quarantäne stehen, vor dem offenen Kamin. Ausgehen mußte es von ihm, zumal ich ihr so etwas nicht zutraute, aber wenn ich sie darauf ansprach, wenn ich sagte, meinetwegen, nur ein normaler Mensch, ein Einheimischer vom alten Schlag, hätte die Fremden immer Fremde sein lassen, schüttelte sie den Kopf, verteidigte sich, bevor es etwas zu verteidigen gab, und tat Bedenken mit Konvention und Etikette ab. Das Gelächter, das ich auslöste, als ich wissen wollte, wann und wo sie eigentlich schliefen, wenn sie die ganze Nacht in der ›Bar‹ verbrachten, und ihr ›Vater, Vater, Vater‹ lagen mir lange in den Ohren.

Obwohl es am Anfang nicht den Anschein gehabt hatte, wollten auch meine Frau und Sophie den Kerl nicht als Eindringling sehen, wenigstens standen sie bald schon mit ihm zusammen und unterhielten sich aufs beste, von Pfeiffer, Flatscher und Dr. Giacomelli gar nicht zu reden, die ihn mir nichts, dir nichts in ihre Runde aufnahmen und Karten mit ihm spielten. Vielleicht lag es tatsächlich an mir, wenn ich mißtrauisch beobachtete, wie sie ihn von Tag zu Tag näher an sich heranließen, während ich nur so viel Kontakt aufrechterhielt, wie mir unerläßlich zu sein schien. Aber selbst wenn ich sie manchmal am liebsten alle zur Rede gestellt hätte, klagte ich niemanden an, weil ich wußte, es blieb mir nichts anderes übrig, als auf Distanz zu gehen. Schließlich war es ein Unterschied, ob ich mich nur vor mir zum Narren machte oder vor der Welt.

Damit begann die Zeit, in der ich mich von dem Kerl regelrecht verfolgt fühlte. Denn egal, wo ich war, ob in meinen eigenen vier Wänden oder woanders, ich konnte mir sicher sein, zumal tagsüber, daß er wenig später erschien, sofern er nicht vorher schon da war. Es wäre nicht der Rede wert gewesen, wenn er mich in Ruhe gelassen hätte, aber er trat mir zu nahe, sooft er mit seiner ganz und gar unangebrachten Vertrautheit kam, die ich in der Öffentlichkeit kompromittierend fand, privat, was noch schlimmer war, schmierig. Wenn es mir am Anfang genügte, so rasch wie möglich zu verschwinden, sobald ich ihn sah, wurde mir nach und nach klar, daß ich nicht ohne Widerstand das Feld räumen durfte, wenn ich nicht wollte, daß er immer mehr Platz in Anspruch nahm. Tatsächlich war es zu einer Demütigung geworden, ihm nur zu begegnen, um so mehr, als ich mitansehen mußte, wie er unter meinen Bekannten allein durch seine Sicherheit, sie gewinnen zu können, stets neue Anhänger gewann, welchen Umgang er mit ihnen hatte, als ob er sie schon Jahre kennen würde, und wie einfach er zu seinem Ruf als angenehmer Zeitgenosse kam. Denn es dauerte nicht lange, und er war überall im Gespräch, hatte sich da gern gesehen, dort unentbehrlich gemacht, und obwohl es keine Kunst war, im Dorf eine Berühmtheit zu werden, schien es niemand je so schnell geworden zu sein wie er.

Der Steirer, wie ihn nach seiner Herkunft alle nannten, war über Nacht ein Begriff, ob es sich um Stammtischbrüder in den Cafés handelte, um Teenager in der ›Bar‹ oder manchmal sogar um Leute, die glaubten, etwas Besseres zu sein, sie drückten sich zwar unterschiedlich aus, aber sie meinten dasselbe, wenn sie in den höchsten Tönen über ihn sprachen. Da schadete es ihm auch nicht, daß ausgerechnet der Pfarrer, ein notorischer Schönredner, weitum der einzige zu sein schien, der nicht in einen Lob- und Preisgesang verfiel, und, sooft er ihn einen patenten Kerl nannte, nie hinzuzufügen vergaß, daß wahrscheinlich etwas nicht in Ordnung war, wenn er es so sehr darauf anlegte, sich überall beliebt zu machen. Andere Gegner gab es nicht, oder sie wurden nicht laut, weil sie sich nur dem Verdacht ausgesetzt hätten, Neider zu sein, und ihre Bedenken wären auf sie selbst zurückgefallen.

Wahrscheinlich als Folge der Aufregungen machte ich zu der Zeit eine Phase anhaltender Schlaflosigkeit durch. Auf jeden Fall konnte ich tun, was ich wollte, mich so lange verausgaben, bis ich vor Müdigkeit kaum noch zu stehen vermochte, bevor ich ins Bett ging, mich mit Entspannungsübungen in einen Trancezustand versetzen, oder nichts, ich lag die ganze Nacht wach oder dämmerte willenlos vor mich hin. Der Morgen brachte nicht Erleichterung, nur den Beweis, daß es einen Morgen gab, aber wenn ich drauf und dran war, das Zeug, das Dr. Giacomelli mir verschrieb, tatsächlich einzunehmen, schrak ich im letzten Augenblick zurück, weil ich mich daran erinnerte, wie sarkastisch er immer gesagt hatte, die richtige Dosis könnte Berge versetzen, wenn ich ihn auf die Wirkung seines Wundermittels ansprach.

Zum Glück kannte ich die Zustände schon. Zum Glück wußte ich, sie würden vorbeigehen, wenigstens waren sie bislang, manchmal nach Tagen, manchmal nach Wochen, vorbeigegangen, wenn ich nur die Ruhe gehabt hatte, zu warten. Mitunter brauchte es nicht viel, und es genügte schon, daß ich ein Buch neben meinem Bett liegen hatte, das mir die Gewißheit verschaffte, im Zweifelsfall in ihm verschwinden zu können. (Damals war es gerade die ›Autobiographie‹ unseres ehemaligen Volksschullehrers Franz Joseph Schatz, ›Mein Leben an einem Tag im Mai vor vielen, vielen Jahren‹, eine Chronique scandaleuse rund um den legendären Stratosphärenflug des Schweizer Physikers Auguste Piccard vom Start in Augsburg bis zur Bruchlandung mit seinem Gasballon auf einem Gletscher in der Nähe unseres Dorfes.) Oft las ich die ganze Nacht, blieb tagsüber im Bett und las weiter, und wenn es wieder dunkel wurde, war ich immer noch am Lesen. Am Ende schien der Raum mehrfach in sich verschlungen zu sein, während die Zeit im Zickzack dahinging. Dann schwemmte mich der Schlaf regelrecht weg, und wenn ich aufwachte, hatte ich die Gewißheit, daß alles vorbei war.

Der Steirer konnte stets ein Thema sein, wenn ich mit meiner Frau im Bett lag, und es ging gewöhnlich von ihr aus, sie kam mit irgendwelchen Narreteien, entblödete sich nicht, von einer möglichen Hochzeit zu schwärmen, und wertete mein Schweigen als Zustimmung. So gesprächig, wie sie sich in solchen Augenblicken gab, wußte ich sie lange nicht, und entweder ich bildete mir alles ein, oder es stimmte, daß sie sichtlich begann, auf sich zu schauen, seit der Kerl im Haus ein- und ausging. Zumindest achtete sie auf ihr Äußeres, allein daß sie endlich wieder ohne ihre Arbeitsschürzen auftrat, war schon etwas, und während sie tagsüber nicht mehr so gehetzt wirkte, als wäre sie ständig auf dem Sprung, wie in den Wochen davor, war sie abends weniger apathisch. Manchmal unterhielten wir uns bis tief in die Nacht, das hieß, sie sprach, und ich streute von Zeit zu Zeit etwas Nichtssagendes ein, um sie am Sprechen zu halten, und zum Schluß wurde sie meistens sentimental. Dann wollte sie wissen, ob wir nicht immer noch glücklich waren, und während sie mich ansah und wartete, daß die Worte ihr Gewicht verloren, verstrich von Mal zu Mal eine Ewigkeit, und wir waren wieder an unserem Anfang.

Begonnen hatte alles mit einem Skandal. Gewiß, man sprach schnell von einem Skandal, aber so etwas war es nicht, es war keine Lappalie, als wir unsere Hochzeit bekanntgaben. Denn es lag noch nicht mehr als einen Monat zurück, daß meine Frau ihren ersten Mann begraben hatte, Angelus Scheiber, einen Pionier, eine Legende zu Lebzeiten, und wenn es schon genug war, daß sie sich als Kellnerin, als Dahergelaufene, wie es hieß, den alten Herrn geschnappt hatte, sprengte ihre Verbindung mit mir sämtliche Grenzen. Es galt als ausgemacht, daß wir uns von vornherein verständigt hatten und nur hinter dem Erbe her waren, immerhin ging es um das Hotel Post, ein Haus mit Tradition, und wir wurden geschnitten.

Tatsächlich gab es Leute, die es sich zur Angelegenheit werden ließen, die Straßenseite zu wechseln, wenn wir ihnen entgegenkamen, obwohl sie selbst die größten Gauner waren, und erst als Geschäfte es notwendig machten, bekamen wir nach und nach unseren Platz. Zuletzt blieb von den Anklagen nicht viel übrig, außer der Ironie, daß die meisten unserer Bekannten noch meinten, sie hätten uns in der Hand, als wir längst schon sie in der Hand hatten und wußten, wie wir einen gegen den anderen ausspielen konnten.

Der einzige, der an unserer Schuld festhielt, war der Zwillingsbruder des Verstorbenen, und auch wenn ihn niemand wirklich ernst nahm, gelang es ihm, dafür zu sorgen, das von Zeit zu Zeit Stimmen laut wurden, den Leichnam exhumieren zu lassen. Bis an sein Ende als Hundertjähriger, als er wahrscheinlich nicht mehr wußte, warum, bekreuzigte er sich, sobald er uns sah, oder er spuckte nur aus, und wenn er fluchte, war es entweder unverständlich oder stets der gleiche Sermon. Dann nannte er uns Mördergesindel, und es konnte vorkommen, daß er in voller Lautstärke schrie, wir hätten auf der Welt nichts mehr verloren, wir sollten verrecken, an unserem eigenen Dreck ersticken und in Ewigkeit in der Hölle schmoren.

Trotz allem war der Anfang ein Wunder. Die

Anfechtungen konnten uns nichts anhaben. Wir machten den Tag zur Nacht, die Nacht zum Tag, und am Ende wirkte es, als wären wir wochenlang nicht aus dem Bett gekommen. Es war Spätherbst, eine Zeit schwerer Stürme, die über das Dorf hinweggingen wie Vorboten des Weltuntergangs, und den Mittelpunkt, um den alles sich drehte, bildeten wir. Wenn wir im Morgengrauen aufstanden und eingepackt wie Astronauten spazierengingen, lagen die Häuser verlassen da, und wir waren uns sicher, es gab außer uns weit und breit keine Menschen. Manchmal sahen wir die Sterne verblassen, als würden wir sie von einem anderen Planeten sehen, und wir standen schweigend, mit der Ehrfurcht von Kindern im Raum, bevor wir uns losrissen und umkehrten.

Damals sprach ich meine Frau noch mit ihrem Namen an, und die ersten Tage in ihrer Nähe löschten die Erinnerungen an sämtliche Liebschaften, die ich einmal gehabt hatte, zumal die Erinnerungen, die zählten, wenigstens zeitweilig aus. Wie eine Naturgewalt überfiel sie mich, und lange schaute ich ihr nur zu, wie sie ihren Hunger, ihre Einsamkeit, wie sie die Monate mit dem alten Herrn aus sich herausschrie, wie sie flüsterte, wie sie Gott und den Teufel anrief. Dann wieder war sie ein zitterndes, schluchzendes Häufchen, das sich schweißnaß an mich schmiegte, und sie verlangte, daß ich ihr Silbe für Silbe die Unsinnigkeiten nachbetete, die sie mir vorsprach. Wenn sie sich beruhigt hatte, erzählte sie meistens, und zunächst waren es nicht ihre Geschichten, die mich erschreckten, es war ihre Stimme, die in sich zusammenzufallen schien, der Bruch in ihr, der durch alles durchging, was sie sagte, und auch das nachfolgende Schweigen zerriß.

Das einzige, was sich über die Jahre nicht änderte, war mein Blick aus dem Fenster, die Gewohnheit, aufzustehen und hinauszuschauen, wenn ich mit ihr geschlafen hatte, oder auch nicht, sooft sie später ihre Migräne vorschützte oder nicht in der richtigen Stimmung war. Die Ställe, die links und rechts an das Hotel grenzten, blieben die Ställe, zumindest blieben ihre Fassaden erhalten, auch die Mühle, stillgelegt zwar, war immer noch da, und weit genug weg, im Schattenloch am Bach, breitete sich die Neubausiedlung in Reihenhausmanier nur langsam aus. Dazwischen lag der Parkplatz, eine Schotterpiste mit der Fläche eines Fußballfeldes, und als in seiner Mitte eine Bronzestatue von Angelus Scheiber aufgestellt wurde, wuchtiger als die vom Schwarzen Luis und vom Weißen Hans vor der Kirche, war es mir, als wachten wir gemeinsam über die Ruhe aller anderen.

Der alte Herr stand in Lebensgröße auf einem Steinsockel, eine Hand schützend über die Augen gelegt, als schaute er gegen die Sonne, während er in der anderen Eispickel und Seil hielt, und es fehlte nicht viel, und er hätte in sein ehemaliges Schlafzimmer gesehen. Wenn der Parkplatz voll war, wirkte er zwischen den Blechschüsseln verloren, und an manchen Tagen drehten Burschen mit Motorrädern unermüdlich ihre Runden um ihn, daß er über Stunden im Staub verschwand. Danach blieb er verdreckt, bis es regnete, oder die Feuerwehr, an allen vier Ecken des Platzes postiert, spritzte ihn von oben bis unten ab, und er nahm wieder seinen jenseitigen Glanz an, wenn in klaren Nächten das Mondlicht auf ihn fiel. Dann schien er sich tatsächlich zu bewegen, schien Passanten, sobald sie an ihm vorbeigingen, mit seinen Blicken zu verfolgen, oder die Scheinwerfer der Autos, die auf der anderen Bachseite in Serpentinen den Hang hinaufkrochen, während er in der Finsternis stillstand.

Später wußte ich nicht mehr, wann ich begonnen hatte, mit ihm Zwiesprache zu halten, aber ich fand mich stets von neuem flüsternd am Fenster, als meine Frau anfing, nachts das Licht brennen zu lassen, und immer öfter nicht ins Bett kam, bevor ich eingeschlafen war. Seine Anwesenheit wirkte beruhigend auf mich, und meine anfänglichen Allmachtgefühle, wenn ich ihn wieder und wieder zum Hahnrei gemacht hatte und geradezu strotzend vor Unsterblichkeit in die Dunkelheit starrte, wichen einer lange erwarteten Resignation. Der alte Herr hatte sich aus der Affäre gezogen, bevor von Glück oder Unglück überhaupt die Rede sein konnte, und nun mußte ich an seiner Stelle alles ausbaden. Welches Verbrechen warf man mir vor?

Die erste Nacht, in der ich wieder schlief, war die Nacht auf Silvester, und als ich mitten am Vormittag erwachte, schneite es. Bevor ich mein Frühstück nachholte, schlich ich mit dem Hund aus dem Haus und lief auf unberührten Wegen rund um das Dorf, weil ich wußte, an solchen Tagen war es mir die Welt. Als ich zurückkam, trugen die Autos schwere, an den Rändern über sich selbst hinauswachsende Hauben, und ich schaute eine Zeitlang von der Terrasse vor der Eingangstür den Schulkindern zu, die begonnen hatten, die Statue des alten Herrn mit Schnee zu ummauern. Während ich darauf wartete, daß sie damit fertig wurden, sah ich über mir einen Schwarm Vögel, den der plötzlich aufkommende Wind vor sich hertrieb, und das Flügelschlagen klang wie das Geräusch eines kaputten Anlassers. (Tatsächlich schien es auch wie das Gelächter zu klingen, das meine Frau, Thérèse und Sophie zusammen produzierten, als ich wenig später eintrat und mitten in der Halle auf den Steirer stieß, und ich wurde die Vorstellung nicht los, daß er mich gerade noch unter Beifall imitiert hatte, und was ich zu sehen bekam, war nur ein Nachspiel.)

Ohne Zweifel war der Steirer ein Aufreißer. Sicher galt er als schön, zumindest sah er nicht anders aus als die Kerle, die gewöhnlich in Modekatalogen abgebildet waren. Das wußte er, und so schien er manchmal, wenn er sich bewegte, nur von Standbild zu Standbild zu rücken, und in den Lücken dazwischen existierte er nicht. Wann und wo auch immer er auftrat, er trat öffentlich auf, er setzte voraus, daß er beobachtet wurde, vielleicht sogar, wenn er allein war, und man mußte schon sehr genau hinschauen, um wirklich etwas von ihm zu sehen.

Von Anfang an aufgefallen war mir sein Männlichkeitswahn, zuerst nur in Ansätzen, aber später stärker und stärker, und immer mehr beruhte das Ansehen, das er im Dorf hatte, wohl auch darauf. Wenn es einen ganzen Kerl brauchte, war er zur Stelle, ob es darum ging, einen Lawinenhang zu queren, einen Randalierer in der ›Bar‹ zur Vernunft zu bringen oder auch nur ein Tänzchen zu wagen, wie es hieß. Er tat, was getan werden mußte, und nicht selten einiges mehr, wenn er mitten in einem Schneetreiben in Hemd und Hose unterwegs war, wenn er mit ausgebreiteten Armen über ein Brückengeländer balancierte oder wenn er sich in die ortsübliche Tracht schmiß. Dazu kam die Art, wie er rauchte, wie er Zigarette um Zigarette im Mundwinkel wälzte, oder sein Zwang, bei jeder Gelegenheit auszuspucken, sein ›Bauernschneuzen‹, und wenn er sich von Zeit zu Zeit in den Schritt griff, zerrte er daran mit geradezu viehischen Kräften herum.

Trotzdem umgab ihn die Aura eines Schnulzensängers, und offenbar konnte er tun, was er wollte, auf sein Lachen fielen alle herein, ohne zu merken, wie es von einem Augenblick auf den anderen steckenblieb, wie es in sich verreckte, welche Verwüstung es am Ende in seinem Gesicht hinterließ. Er war noch jung, aber nicht mehr so jung, wie er sich den Anschein zu geben versuchte, nach mehr als zehn Jahren, in denen er von Ort zu Ort getingelt war, von Saison zu Saison, und die meisten davon im Nachtgeschäft. Da mußte er auch seine Umgangsformen her haben, die Glattheit, mit der er aufzutreten wußte, sein Jonglieren zwischen altmodischen Komplimenten und platten Anzüglichkeiten, das anscheinend so viele Frauen goutierten. Wahrscheinlich sahen sie in ihm, was er auch selbst in sich sah, einen

Künstler, und ob sie ihn ohne Umschweife einen Schatz nannten, eine Ausnahmeerscheinung oder einen Glücksfall von Mann, er war ihr Liebling.

Vieles wurde mir erst klar, als ich mich gezwungen sah, ihn anzustellen. Ja, ich stellte ihn an, aber nicht um Thérèse eine Freude zu machen oder gar Sophie oder meiner Frau, die sich ohne Zweifel auch freuten, sondern nur, weil man ihn in der alljährlichen Panik, wenn sich nach dem Weihnachtshoch am Dreikönigstag, oder wenig später, die Hotels schlagartig leerten, auf die Straße gesetzt hatte und mir ein Ober davongelaufen war. Was seine Arbeit in meiner Tagesbar betraf, konnte ich nicht klagen, aber sowie ich ihn angemeldet hatte, wurde ihm sein Lohn gepfändet, weil er mit Alimentezahlungen im Rückstand war, und ich ließ mich dazu hinreißen, ihm unter der Hand einen Ausgleich zu überweisen. Darüber bewahrte ich Stillschweigen, ich wußte selbst nicht, wie viele Kinder er hatte, in wie vielen Saisonorten, aber seit er mich um ein Gespräch von Mann zu Mann angegangen war, tat er so, als wären wir auf Gedeih und Verderb miteinander verbunden. Wenn er davor schon wenig Gespür für Distanz gehabt hatte, verlor er es nun überhaupt, und er lauerte mir regelrecht auf, schoß hinter der Theke hervor, wenn ich auftauchte, um mich in einen Tratsch zu ziehen, saß seine Zigarettenpausen ohne Umstände irgendwo in meiner Nähe ab und stöberte mich treffsicher auf, wenn ich ihm auswich. Am liebsten kam er mir mit ausgesuchten Schweinereien, und er rühmte sich schon nach wenigen Tagen, von allen Gästen die verstecktesten Geheimnisse zu wissen, und ratterte auf Nachfrage, nach den Zimmernummern geordnet, eine Liste ihrer angeblichen Vorlieben herunter, daß es nichts mit Prüderie zu tun hatte, wenn ich mich über ihn ärgerte, sondern allein mit der Tatsache, daß er immer noch der Liebhaber meiner Tochter war und nicht glauben sollte, mir mit seinen Schamlosigkeiten imponieren zu können.

Meistens ging er noch weiter und machte sich einen Spaß daraus, mich mit den Gästen zusammenzubringen, wenn sie in der Hoffnung durch das Haus geisterten, daß man ihnen ihr Leben abnahm. Dann war es unvermeidbar, auf sie zu stoßen, und wenn er sah, daß ich wortlos vorbeihuschte, versuchte er, sie in ein Gespräch zu verwickeln, und ließ mich mit ihnen allein, sobald ihr altbekanntes Geleier begann. Dahinter, war ich mir sicher, steckte Böswilligkeit, und wenn ich sie von Mal zu Mal wieder wegen irgendeines Unsinns bemuttern mußte, oder sie wollten wissen, wie der Wetterbericht war, verfluchte ich ihn. Es konnte ihm nicht entgangen sein, welche

Überwindung es mich kostete, die Groschenklieber zu grüßen, wie ruppig ich ihnen gegenüber auftrat, auch wenn die meisten darin nur einen Beweis sahen, daß ich ein Original war, und im Jahr darauf um so sicherer wiederkamen, und wenn ich überhaupt etwas für sie empfand, war es Mitleid. Tatsächlich wunderte ich mich, welche Scherbenhaufen sie zu Hause hatten, daß sie so hartnäckig waren, sobald sie glaubten, es würde um ihr Glück gehen, und ich gab mich der Vorstellung hin, daß sie bezahlt wurden, daß sie nicht freiwillig da waren und sich selbst nichts mehr wünschten, als ohne Erklärung verschwinden zu können, aber entweder er wußte es nicht oder er hatte kein Einsehen. Zumindest schaute er mir mit einem Lachen zu, wenn ich ihnen entwischte und im Wohnzimmer wartete, bis sie mich wieder aufstöberten, stand mit verschränkten Armen da und erkundigte sich scheinbar unschuldig, was los war, während ich schon eine Zigarette in der Hand hielt und rauchte, an meiner Halsschlagader nach dem Puls tastete oder mein Blutdruckmeßgerät hervorkramte und Anstalten machte, es mir anzulegen.

Am Ende war es eine ganze Reihe solcher Zusammenstöße, die ich mit ihm hatte, und wenn ich ihn manchmal näher als nötig an mich heranließ, so kaum, weil ich auf Harmonie aus war, sondern weil ich eine Verschnaufpause brauchte und im Augenblick nicht wußte, wie gegen ihn vorgehen. Wenigstens machte ich ihm immer noch keine Zugeständnisse, aber es genügte, daß er mich in einer Schwäche erwischte, und ob ich es wollte oder nicht, ich bekam nach und nach sein ganzes Privatleben zu hören, ohne von mir selbst etwas preiszugeben, im Gegenteil, ich speiste ihn mit Floskeln ab. Alles, nur keine Verbrüderung, so viel war mir von Anfang an klar, und von Anfang an war mir auch klar, daß er mit seiner anbiederischen Art darauf hinzielte, aber ich, natürlich, gab nicht nach, ich duzte ihn, ohne davon abzugehen, mich von ihm siezen zu lassen.

Auf jeden Fall konnte ich mir später nichts vorwerfen, außer daß ich mich nicht von vornherein dagegen ausgesprochen hatte, ihn auf unseren Feuerwehrausflug mitzunehmen. Denn daß es dabei zu einer Annäherung kam, ließ sich kaum vermeiden. Es war das gemeinsam bestandene Abenteuer, daß uns fortan auch gegen meinen Willen zusammenbrachte, um so mehr, als wir zum Schluß mit dem ganzen Trupp im Puff landeten. Bereits auf der Rückfahrt im Bus ahnte ich, daß ich mir etwas vergeben hatte, und während einer nach dem anderen erzählte, wie es gewesen war, schaute ich in die Dunkelheit und wünschte mich aus der Welt. Das Gerede drang nur in Bruchstücken zu mir, manchmal schoß ein Wort grell in den Himmel, verglomm, und nichts blieb von ihm zurück, aber in der Regel erschöpfte es sich in einem gleichmäßigen Flackern, das nicht gegen die Finsternis ankam. Auf einmal wurde mir bewußt, wie verloren mein Körper auf dem der üppigen Schwarzen gelegen sein mußte, mit der man mich verkuppelt hatte, schneeweiß im Zwielicht und dadurch abgehoben von den verschwommen in den eigenen Schatten übergehenden Konturen des ihren. Es hatte Dutzende von Spiegeln in der Kammer gegeben, erinnerte ich mich, aber in keinem einzigen war es mir gelungen, mein Bild festzuhalten, an seiner Stelle hatte ich ein Loch gesehen, als wäre ich ausgelöscht, eine Aussparung, aus allen Blickwinkeln gleich. Da, wo ich war, war nichts, mußte ich mir sagen, und als der Kerl mit seinem Bericht an die Reihe kam, schloß ich die Augen und versuchte, wegzuhören, aber es gelang mir nicht.

Die Hänseleien, die ich von Pfeiffer, Flatscher und Dr. Giacomelli erwartet hatte, blieben auch in den Tagen danach aus, obwohl die Burschen natürlich mit von der Partie gewesen waren und sonst keine Gelegenheit ausließen, sich an mir schadlos zu halten. Tatsächlich schien ihnen die Affäre bis dahin entgangen zu sein, aber ich wußte nicht, ob ich mich darüber freuen sollte oder nicht. Schließlich waren sie es gewesen, die dem Steirer bei seinen Aufschneidereien am meisten applaudiert hatten, und ich wurde den Gedanken nicht los, daß sie sich eine Verbindung zwischen ihm und Thérèse nicht einmal vorstellen konnten, daß er in ihren Augen womöglich zu gut für sie war. Das ging so weit, daß ich mich manchmal zurückhalten mußte, sie nicht einzuweihen, ihnen nicht voll gespieltem Stolz zu erzählen, daß die beiden ein Paar waren, oder sie gar aufzufordern, sich vor Ort davon zu überzeugen.

Bis ich den Steirer hinauswarf, war er sechs Wochen in meinem Hotel. Es wäre ohnehin fällig gewesen, wenn ich unter seiner ständigen Nähe nicht vor die Hunde gehen wollte, aber der Anlaß, den er mir bot, als ich merkte, daß es längst nicht mehr Thérèse war, mit der er etwas hatte, sondern Sophie, beschleunigte alles. Auch wenn ich manchmal noch zu glauben versuchte, es wäre nur ein Spiel, das er mit mir trieb, mußte ich von einem Augenblick auf den anderen erkennen, wie sehr ich mich täuschte, und ich sah endgültig den Teufel in ihm, der er war.

Am liebsten hätte ich mir die Begegnung erspart, aber wahrscheinlich war es nötig, daß ich die beiden an einem Wochenende mitten in der Nacht auf der Couch im Wohnzimmer erwischte, damit ich es glaubte, und sie konnten mir versichern, daß es keine Bedeutung hatte, sie konnten mich beschwören, sie konnten bitten und betteln, ich wollte weder von ihm noch von ihr etwas hören. Während sie sich aufrappelten, blieb ich vor ihnen stehen, ohne mich zu bewegen, und ich hatte den Eindruck, mir selbst von außen zuschauen zu können, so ruhig zwang ich mich zu sein, als ich ihm drohte, er sollte sich nie wieder in meinem Haus blicken lassen, und an ihr vorbeisah wie an einer Fremden. Das war es, wußte ich auf einmal, was mich die ganze Zeit irritiert hatte, der Dreckskerl und meine Kleine, wie ich mir in einem fort sagte, und als ich zu lachen versuchte, kam nur ein Husten heraus, ich keuchte und prustete, mußte mich hinsetzen, und auf dem Boden sitzend, lauschte ich auf den plötzlichen Tumult in meinem Kopf.

Obwohl das Wochenende noch nicht vorbei war, lieferte ich Sophie am Morgen danach so schnell wie möglich in der Schule ab, um anschließend den Rest des Tages im Bett zu verbringen. Denn ich hatte auf einmal Schmerzen in der Brust, die sich als Wärme über meinen ganzen Körper ausbreiteten, zudem Atembeschwerden, und meinen Blutdruck wagte ich nicht zu messen.

Ohne mich zu rühren, lag ich stundenlang im abgedunkelten Zimmer, nicht wach, aber auch nicht schlafend, und während ich versuchte, gegen das Bild anzukämpfen, das sich in mir festgesetzt hatte, ein Durcheinander von Armen und Beinen, in einem fort in Bewegung, stürzte ich in die Alpträume meiner Kindheit und ging in den Wassermassen, die haushoch über mir zusammenschlugen, unter.

Als ich wieder auf den Beinen war, gab ich dem Personal den Auftrag, dem Steirer den Zugang zum Haus zu verwehren oder mich zu holen, wenn er sich nicht abwimmeln ließ, und der Hausmeister sollte sein Zeug packen und es ihm zusammen mit seinem Lohn aushändigen oder, wenn er nicht auftauchte, einfach vor die Tür werfen. Während ich auf sein Erscheinen wartete, erfuhr ich, daß er, ohne einen Vorstoß zu versuchen, die ersten Nächte in der Talherberge des Alpenvereins verbrachte, wahrscheinlich aus Spargründen, im ungeheizten Matratzenlager, das im Winter sonst ungenutzt war, und wunderte mich, weshalb er das auf sich nahm und nicht ohne Aufsehen verschwand. Dann hörte ich von seiner neuen Stelle in der ›Alpenrose‹, und es war ein Glück für ihn, daß ich nicht einschreiten konnte, ohne mein Gesicht zu verlieren, aber ich kam statt dessen auf die Idee, seinen Zimmernachbarn zu bestechen, damit er mich auf dem laufenden hielt. Beinahe eine Woche war vergangen, ohne daß er sich gezeigt hatte, als ich ein Gerücht aufschnappte, daß er nachts manchmal auf dem Parkplatz um die Statue des alten Herrn herumstrich und zu meinem Fenster hinaufstarrte, und obwohl ich nicht daran glaubte, legte ich mich ein paar Tage lang in der Dämmerung auf die Lauer, und ich wußte nicht, warum ich immer augenblicklich einschlief, auf jeden Fall wachte ich irgendwann im Morgengrauen in meiner Kauerstellung auf.

Von da an wurde ich das Gefühl einer ständigen Beschattung lange nicht mehr los, und ich konnte nur staunen, wenn ich daran dachte, mit welcher Harmlosigkeit der Kerl Tag für Tag gemeinsam mit Thérèse und dem Kind in der Hotelhalle gesessen war, als würde er bei Brettspielen, Kaffee und Kuchen ein Pflichtprogramm absolvieren. Auf einmal wußte ich, es war mir trotz meiner Abneigung gegen ihn von Mal zu Mal nur lächerlich vorgekommen, als wären es Tollpatschigkeiten, sonst nichts, wenn er zeitweilig sogar mit meiner Frau geschäkert hatte oder wenn er wieder und wieder auf meine Aushilfskellnerinnen losgegangen war, als wollte er mir eine Lehre erteilen und sich mit ihnen über mich lustig machen. Wahrscheinlich waren es Ablenkungsmanöver gewesen, sagte ich mir, und wenn ich Schwierigkeiten gehabt hatte, meinen Spott zurückzuhalten, sooft er Holz hackte und dabei seine Oberarmmuskeln zur Schau stellte, sooft er in Anzügen umherlief, die an den richtigen Stellen Ausbuchtungen hatten, oder sooft er mit seinen Weibergeschichten kam, war mir das Lachen längst vergangen. Manchmal mußte ich mir nur vorstellen, wie er sich sein Haar immer aus dem Gesicht gestrichen hatte oder wie er in der ›Bar‹ mit einer Sonnenbrille hinter seinen Plattentellern hin- und hergehopst war, ohne Scheu, selbst die primitivsten Touristinnen Madame zu nennen, und ich ahnte, daß eine Kleinigkeit genügte, um mich zu einer ›Gefahr für die Menschheit‹ zu machen.

Damals mit meiner Frau, am Anfang unserer Ehe, hatte auch eine Kleinigkeit genügt, und so lächerlich es schien, ich war nicht mehr davon abzubringen gewesen, daß sie mich hintergangen hatte, wenn sie mir in Abständen immer wieder mit ein und derselben Geschichte kam. Meistens geschah es unvermittelt, sie überrumpelte mich, wenn ich am wenigsten gefaßt war, und schwärmte auf einmal von ihrem ersten Sommer am Meer, zusammen mit ihren Eltern, und während ich zuschauen konnte, wie ihr Blick unter ihren Worten weicher und weicher wurde, bekam ich allmählich zu hören, daß sie am liebsten mit einer Luftmatratze auf das Wasser hinausgepaddelt war und weit draußen ihren Badeanzug abgestreift hatte, um sich stundenlang nackt in der Sonne auszustrecken, allein mit dem Kribbeln der Wärme in ihrem Körper, mit dem Geruch, den sie in der Nase hatte, eine Mischung aus dem Kokosöl auf ihrer Haut und dem Gummi ihrer Unterlage, und mit den Stimmen, die vom Ufer zu ihr gedrungen waren. Zu guter Letzt wollte sie manchmal mit mir schlafen, und es hatte etwas Selbstzerstörerisches, wenn es ihr nicht schnell genug gehen konnte, als versuchte sie, aus Angst, ich würde ihr zuvorkommen, die Erinnerungen an ihre Mädchenzeit abzutöten, und ich war für sie Mittel zum Zweck.

Mein Widerstand gegen ihre Geschichte wurde immer größer, aus einem vagen Gefühl, etwas versäumt zu haben, ausgeschlossen zu sein, mehr noch, in dem Alter, um das es ging, war ich nicht wirklich am Leben gewesen. Denn da, nicht lange nach dem Krieg, hatte ich als Abspüler auf einer Alpenvereinshütte gearbeitet und sämtliche Träume, irgendwann etwas anderes zu tun, von vornherein in den Wind geschlagen, und immer wenn ich daran dachte, wie ich in der Dämmerung manchmal den letzten Seilschaften nachgeschaut hatte, die über den Gletscher, auf dem der

Weg verlief, Richtung Tal verschwunden waren, und ich hätte mit allen getauscht, nur um mich an sie anhängen zu können, mußte ich achtgeben, nicht auf mein Selbstmitleid hereinzufallen. Noch Jahre danach befiel mich auf einmal dieselbe Verlorenheit wie an den Tagen, an denen Brieftauben ausgeschickt wurden, oder wenn das Versorgungsflugzeug mit einem Brummen über den Bergen erschien, seinen Ballast abwarf und eilig verschwand, und ich wußte auch wieder, daß ich in meiner Verzweiflung an einem Abend nach der Arbeit zu einer Tanzveranstaltung in das Dorf gelaufen war, mehr als zehn Kilometer, nur um ein paar Stunden später unverrichteter Dinge, wie mir schien, zurückgehen zu müssen, rechtzeitig zum Frühstück.

Die letzten paar Male, bei denen ich mich daran erinnert hatte, war das nur mehr eine Episode gewesen, über die ich lachen konnte, ohne etwas Quälerisches, aber auf einmal überfiel es mich von neuem mit der alten Heftigkeit, und ich machte mir nichts vor, als ich eine Zeitlang von einem Rausch in den anderen schlitterte, ohne mich zu wehren, ich wußte, daß ich mit meiner Gesundheit Schindluder trieb, und staunte nicht, wenn ich am Morgen wach wurde und überzeugt war, mich über Nacht bis zur Unkenntlichkeit verändert zu haben. Sooft ich in den Spiegel schaute, sah ich nichts Auffälliges, aber ich war mir nicht sicher, was es mit den Blicken der Gäste auf sich hatte, mit ihrem Getuschel, oder manchmal zeigten sie mit ihren Fingern auf mich, wenn ich im Haus auf sie stieß. Dann versuchte ich, mir meine Angestellten zu verpflichten, wenigstens so lange, bis sie meinen Fragen auswichen oder einen Punkt in der Ferne fixierten und mit verstellten Stimmen Höflichkeiten zum besten gaben. Zuletzt blieben nur meine Freunde, von denen ich mir in einem Augenblick alles erwartete und im nächsten schon wieder nichts, weil ich immer noch Angst vor ihren Witzeleien hatte, und ich wimmelte sie ab, wenn sie auf Besuch kommen wollten, oder ließ mich verleugnen.

Bis der Steirer nach mehr als vierzehn Tagen endlich erschien, um seine Sachen abzuholen, war ich von seinem Zimmernachbarn über jeden seiner Schritte informiert. Zum Glück regelte der Hausmeister alles, ohne mich damit zu belasten, und ich bekam ihn nicht zu Gesicht. Dann hörte ich, daß er Nacht für Nacht ausging und sich zum Schluß gewöhnlich in einem Tanzlokal im Nachbardorf einfand, wo Thérèse, die so tat, als hätte sie nichts mitbekommen, ihm manchmal regelrecht auflauerte, aber er ließ sie stets ohne Erklärung abblitzen oder ignorierte sie von vornherein und machte anderen Mädchen den Hof, ich hörte, daß er, neue Stelle hin, neue Stelle her, auch in der ›Alpenrose‹ Schwierigkeiten hatte und drauf und dran war, hinauszufliegen, und ohne daß es mir sonderlich auffiel, hörte ich eine Woche lang, oder länger, nichts mehr über ihn und war schon versucht, an ein Wunder zu glauben.

Bei Sophie beschränkte ich mich darauf, in der Schule anzurufen, bis man mißtrauisch wurde, ob ich nicht nur vorgab, ihr Vater zu sein, und ich erinnerte mich später immer daran, wie enttäuscht sie war, wenn sie meine Stimme erkannte, aber vielleicht redete ich mir das ein. Ohne sich selbst jemals zu melden, blieb sie die ersten beiden Wochenenden in der Stadt, und ich kam nicht auf die Idee, sie zu besuchen, aber am Wochenende darauf, noch im Februar, oder nein, es muß schon Anfang März gewesen sein, holte ich sie wieder ab, und ich war überrascht, so sehr schien sie sich verändert zu haben. Zunächst wußte ich nicht, woran es lag, aber mir wurde schnell klar, daß nur die Selbstverständlichkeit ihres Auftretens der Grund dafür sein konnte, und ich schaute sie auf der ganzen Heimfahrt aus den Augwinkeln an und wagte kaum, mit ihr zu sprechen.

Zu Ostern mußte ich in die Klinik, und ich hatte eine Zeitlang Sorgen genug, um mich nicht in einem fort mit dem Steirer herumzuschlagen. Wenn ich überhaupt an ihn dachte, nahm es auf einmal schnell etwas Abstraktes an, er war oft nur mehr ein Kerl unter anderen Kerlen, mit denen ich Schwierigkeiten hatte, und augenblicklich vermochte ich ihn wieder zu vergessen. Meine plötzliche Angst, etwas mir Unbegreifbares könnte mich zerstören, hatte allem Anschein nach nichts mit ihm zu tun, und ich sagte mir, wo auch immer er war, er sollte dort bleiben.

Begonnen hatte alles, als meine Besäufnisse längst schon überstanden waren. Nachdem ich die ganze Karwoche, ohne mir etwas vorwerfen zu können, stets von neuem Schwindelanfälle gehabt hatte, war ich am Ostersonntag in der Dusche zusammengebrochen und am Boden liegen geblieben, bis mich meine Frau fand und ins Bett brachte, und ich konnte sagen, was ich wollte, am Tag darauf ließ sie einen Arzt kommen, nicht Dr. Giacomelli, dem sie nicht vertraute, sondern einen älteren Herrn aus der Stadt, und er wies mich auf der Stelle ein. Mein Fehler war, daß ich auf ihn hörte, aber die Idee, er könnte ein Kurpfuscher sein, kam mir erst später, und wenn ich ihn manchmal noch mit vor der Brust baumelndem Stethoskop und einem allzu wohlwollenden

Blick über den Rand seiner Halbbrille in meinem Zimmer stehen sah, als wäre er aus einem Heftchenroman, wußte ich über ihn Bescheid.

Ohne Zweifel war ich in den vergangenen Jahren mehrmals in Behandlung gewesen, aber nie, weil ich weiße Mäuse sah, mochten meine Freunde, vor allem Pfeiffer und Flatscher, glauben, was sie wollten, sondern immer aus anderen Gründen. Angefangen hatte es mit einem Unfall, ich war in einem Streit mit meiner Frau vor Erregung durch eine geschlossene Glastür gelaufen und mit einer Gehirnerschütterung und Schnittwunden im Gesicht und an den Händen eingeliefert worden, um nach wenigen Tagen, man hatte mir eine Diät und Medikamente verschrieben, als Hochdruckpatient wieder ins Leben zu treten. Auch in Zukunft geschah es manchmal, daß ich mit altbekannten Beschwerden in die Klinik ging und mit Defekten oder wenigstens ihren Namen, die ich davor noch nie gehört hatte, wieder herauskam, wenn es nicht überhaupt war, daß ich mich beim Eintritt zwar nicht wohl, aber doch leidlich gut fühlte, und bei meiner Entlassung miserabel. Die Bezeichnungen taten nichts zur Sache, einmal wurde mir dies, einmal das gesagt, einmal waren es rote, einmal grüne, einmal gelbe Tabletten zu den weißen dazu, und ob die Ärzte aufmerksam oder unaufmerksam mit mir umgingen, registrierte ich nicht, seit ich aufgehört hatte, auf Klasse zu liegen, und erst recht nicht, seit es keinen Zweifel mehr gab, daß es mein Herz war. Denn ich hatte mich an alles gewöhnt, ich wußte, was ich mir zumuten konnte und was nicht, ich wußte, daß ich wetterfühlig war und schnell kurzatmig wurde, und wäre nicht das Kribbeln in meinen Händen und Füßen gewesen, nicht der Schorf, der sich auf meinen Beinen bildete und Kratzspuren zurückließ, die nicht mehr heilen wollten, nicht der Arzneigeschmack in meinem Mund, mitunter noch Stunden nach der Einnahme, vielleicht hätte ich an manchen Tagen alles als vollkommen normal angesehen und wäre nicht der Mensch gewesen, der ich war.

Dieses Mal aber schien es von Anfang an anders als sonst immer zu sein. Meine Schmerzen in der Brust tauchten wieder auf, sickerten in die äußersten Enden meines Körpers, und ich reagierte mit Schüttelfrost darauf, bis sie in einem Punkt zusammenströmten, irgendwo in meiner Mitte, aber ich blieb auf der Lauer. Nachts konnte ich nicht schlafen, und ich versuchte stundenlang, auf meinen Herzschlag zu lauschen, sein Dahinstolpern, das ein Geräusch machte, das mir wie schlecht synchronisiert vorkam, zu nichts passend, ein verläpperter Galopp weit aus der Ferne, während ich im Dämmerlicht, das im

Zimmer herrschte, die Gesichter meiner Bettnachbarn suchte und auf den Kissen ihre Masken fand. Manchmal bewegte ich Arme und Beine unter der Decke, nur um zu spüren, daß sie noch da waren, nicht bloße Phantome, und als mein Sehvermögen plötzlich nachließ (eine Nebenwirkung neuer Medikamente), vermochte ich mich lange allein dadurch zu trösten, daß ich meine Augen geschlossen hielt und so allem zuvorkam. Dann wieder konnte ich zu jeder Tages- und Nachtzeit die Dienstschwester herbeiklingeln, nachdem sie einmal so vor mir zu stehen gekommen war, daß ich gegen die flach einfallende Sonne ihren Schritt durch ihr Kleid schimmern sah, und wenn sie erschien, bemühte ich mich, in ihren Blicken mein Schicksal abzulesen, erleichtert, aber auch enttäuscht, sooft der Schrecken, den ich mir erwartet hatte, ausblieb. Doch meistens lag ich nur da und las, wenn ich dazu in der Lage war, oder ich schaute unermüdlich das Bild meiner Frau an, das ich in einem Anflug von Sentimentalität auf das Nachtkästchen gestellt hatte, eine Aufnahme aus unserer ersten Zeit, auf der sie kaum wiederzuerkennen war, und es gelang mir nicht, gegen die Erinnerungen anzukämpfen, die mich packten.

Bei meinem ersten Krankenhausaufenthalt hatte mich meine Frau tagtäglich besucht, obwohl es mitten in der Saison gewesen sein muß, zumindest war das Hotel voll, auch unser eigenes Zimmer an Gäste vermietet, wir logierten für ein paar Wochen im Keller, und Personal hatten wir am Anfang ohnehin immer zu wenig gehabt. Bevor die Besuchszeit begann, stand sie gewöhnlich schon in der Tür, wartete ein Weilchen und trat schließlich ein, und ich sah durch die Sehlöcher in meinem Kopfverband zu, wie sie sich näherte, und streckte ihr meine verbundenen Hände entgegen, während sie zu mir ans Bett kam. Manchmal, wenn mein Nachbar hinausgegangen war, legte sie sich neben mich, und während auf dem Plastikboden die Sonnenflecken nach und nach verschwanden und vom Gang die Geräusche einer scheinbar weit entfernten Geschäftigkeit zu hören waren, schliefen wir miteinander. Danach stellten wir uns ans offene Fenster, weit über der Straße, in der die Autos im Stau vor sich hin zitterten, und schauten hinaus, und obwohl es meistens spät war, lag der Nachmittag auf einmal ausgebreitet da, über den Dächern schien die Luft zu zerfließen, und der Himmel war wieder und wieder von einem Blau, in das der Blick immer tiefer einsickerte, bis er sich in ihm verlor.

Damals war es wahrscheinlich, irgendwann in einem solchen Augenblick, daß ich ihr zum ersten Mal Fragen nach meinen Vorgängern stellte, und schon wenige Tage später hatte ich mich nicht mehr unter Kontrolle und unterzog sie einem Verhör, das über Monate ging. Wenn ich im nachhinein daran dachte, konnte ich nur den Kopf schütteln, und ich wußte nicht, wohin mit meinen Erinnerungen an einen Tobsüchtigen, wollte nichts davon wissen, von all den Schreianfällen, Drohungen und Handgreiflichkeiten, und tat ihr gegenüber so, als wäre nichts geschehen. Mitunter erwartete ich mir noch Jahre danach ihre plötzliche Gegenwehr, und ich verhedderte mich, wenn zufällig einmal das Gespräch darauf kam, versuchte augenblicklich, das Thema zu wechseln, und schaute sie an, als würde alles wieder von vorn losgehen, wenn sie sich dabei umgänglich gab.

Denn sie war am Anfang mit den schlimmsten Zumutungen zurechtgekommen, hatte bereitwillig geantwortet und wieder und wieder Dinge erklärt, die nicht zu erklären waren, ohne die Geduld zu verlieren, und auch später noch, obwohl sie immer zurückhaltender wurde, immer unsicherer und ängstlicher, versuchte sie, mir recht zu machen, was sie mir recht machen konnte, ging sogar so weit, ihrer Vergangenheit abzuschwören, und erzählte von da an ihr Leben mit einer Kälte, als hätte es nicht stattgefunden. Auf einmal war ihr Blick zurück nicht mehr wehmütig, was sie von sich gab, wirkte glatt, auch wenn es zerrissen daherkam, und ich wurde endlich das Gefühl los, daß sie mich dafür verantwortlich machte, daß seit ihrer ersten Liebe Zeit vergangen war. Meistens fehlte ihren Geschichten dann jegliche Chronologie, sie schienen in Phantasielandschaften angesiedelt zu sein, mit einem Personal aus lauter Lemuren, und wenn ich ihr zuhörte, war es mir, als würde ich ein Album mit losen Blättern in den Händen halten, die ich in die richtige Ordnung zu bringen versuchte, obwohl ich wußte, daß es eine richtige Ordnung nicht gab.

Zwischen ihrem ersten Abenteuer, das ihrer eigenen Aussage zufolge kaum der Rede wert war, in ihren letzten großen Ferien, wo sie sich als Begleiterin einer Reisegruppe aufs Geratewohl einem Buschauffeur hingegeben hatte, und ihrer Ehe mit dem alten Herrn wußte ich über all ihre Affären Bescheid. Wenn es sein mußte, konnte ich die Litanei ihrer Liebhaber im Schlaf herunterbeten, und ob es sich um einen ihrer Jugendfreunde oder ihren ehemaligen Volksschullehrer handelte, für die sie eine besondere Schwäche zu haben schien, um den Fabrikanten, einen spendablen, aber halbsenilen Knacker, der sie nur vorzeigen wollte, um den Priesterseminaristen, einen Bergbauernburschen, einen unverbesserlichen Erzministranten und Sturschädel, wie er im

Buch stand, mit dem sie angeblich mehr als ein Dutzend Kirchen und Kapellen entweiht hatte, um die Horden von Schilehrern in verschiedenen Saisonorten oder sonst irgendwen, ich lebte mit ihnen, als wären es meine nächsten Verwandten, obwohl ich sie für Schwerenöter hielt, die sie nicht verdient hatte, und mir von Anfang an sicher war, ich wollte mit solchen Leuten nichts zu tun haben. Manchmal kamen sie mir wie Untote vor, wie Wiedergänger, die mich heimsuchten, um ihren Obolus zu verlangen, bevor ich in ihren Club aufgenommen wurde, und was ich mir statt dessen wünschte, waren Gegner aus Fleisch und Blut, mit denen ich mich ein für alle Mal um sie schlagen konnte, und der Spuk mußte vorbei sein. Zumindest war das der Begriff von Ehre, an dem ich so lange festhielt, bis ich Jahre später merkte, wie egal es mir war, als Gerüchte aufkamen, sie hätte ein Techtelmechtel mit dem Bäcker oder mit dem Lehrer, weil ich den Bäcker und den Lehrer kannte und mir nicht vorzustellen vermochte, daß sie an ihnen etwas fand, oder wenn, war sie selber schuld, und ich verschwendete keinen Gedanken daran, sie wegen einer solchen Lappalie zur Rede zu stellen, wenn ich mich an die Zeiten erinnerte, in denen ein Verdacht genügt hatte, um aus mir einen Berserker zu machen.

Das einzige Mal, daß ich mich über meine Frau im Zusammenhang mit einem anderen Mann später noch ärgerte, war, als sie begann, einen Bettelstudenten aus dem Dorf, der zu allem Überfluß auch noch ein Buch geschrieben hatte, mit Geld zu unterstützen, und das allein genügte, um mich gegen sie aufzubringen. Denn in meinen Augen war der Kerl ein Schmarotzer, ein Nestbeschmutzer, der mit seinen eigenen Defiziten hausieren ging, und ich tat mich schwer damit, daß sie darauf hereinfiel und mir wochenlang mit seinem Zeug in den Ohren lag, wissen wollte, was ich von seinen Rundumschlägen hielt, und, wenn ich versuchte, mich mit Gemeinplätzen aus der Affäre zu ziehen, einfach nicht locker ließ. Zu guter Letzt kam sie sogar auf die Idee, mich mit ihm zusammenzuführen, und weil ich endlich wieder meine Ruhe haben wollte, war ich schon drauf und dran, ihr nachzugeben und mir ein Abendessen mit ihm anzutun, als in der Tageszeitung stand, daß er auf einer Bergtour in den Dolomiten vom Blitz erschlagen worden war.

Obwohl wir uns in unseren schlimmsten Zeiten mitunter Szenen lieferten, auf die wir nicht unbedingt stolz waren, wurden wir in der Öffentlichkeit längst nicht mehr schräg angesehen. Man lud uns auf einmal zu offiziellen Versammlungen ein, während wir vorher nirgendwo Zutritt gehabt hatten, aber auch die privaten Zusammenkünfte, zu denen wir gebeten wurden, häuften sich, und wir registrierten in einer Mischung aus Genugtuung und Spott, daß das Gelingen eines Tanzabends, das Gelingen der allmonatlichen Filmvorführungen im Speisesaal der ›Alpenrose‹ oder gar das Gelingen des sonntäglichen Kirchgangs mehr und mehr von unserer Anwesenheit abzuhängen schien. Die Geschäfte liefen gut, wir konnten nicht klagen, wir hatten unser Haus manchmal über Monate ausgebucht, und ein Wermutstropfen, wenn überhaupt, war nur, daß auch alle anderen Vollbelegung meldeten, offenbar konnte man tun, was man wollte, es wurde ein Erfolg, und während Dr. Giacomelli eines Tages wie aus dem Nichts auftauchte und in einem der Zollhäuser, Tür an Tür mit der Schule, seine Praxis eröffnete, bauten selbst Pfeiffer und Flatscher, die wir als Unternehmer für Blindgänger hielten, ohne Wenn und Aber ihre Baracken aus, Bruchbuden, die sie von ihren Eltern übernommen hatten, und irgendwann stand Hotel auf den Dachfirsten, und die Kerle nannten sich natürlich Hoteliers. Wir waren jung, noch ohne unsere Töchter, und ein paar Saisonen lang voll Überschwang, mit den neuen Gästen, die plötzlich in Massen erschienen, die alten Bettler und Klemmer, die nichts hergeben wollten und nur ihren

Dreck hinterließen, losgeworden zu sein. Ohne Zweifel war es auch da, daß wir zum ersten Mal selbst auf Urlaub gingen, und unmittelbar nach unserer Rückkehr war das Dorf drauf und dran, in einen Ausnahmezustand zu schlittern, wegen einer Handvoll Hippie-Mädchen, wie es im nachhinein hieß, die ihren Bus, einen um und um vollgeschmierten Doppeldecker mit englischem Kennzeichen, nicht weit außerhalb des Tunnels in einer Ausweiche am Straßenrand geparkt hatten und die Gegend unsicher machten, aber das war eine andere Geschichte, wenn es überhaupt eine Geschichte war.

Ziemlich genau zu der Zeit, im Herbst desselben Jahres, wollte meine Frau auf einmal, daß wir getrennte Zimmer hatten, und als müßte ich mich bestrafen, zog ich unters Dach in eine Kammer, die im Winter nur schwer zu beheizen war und im Sommer viel zu heiß. Solange sie schmollte, trieb ich mich nächtelang mit Pfeiffer und Flatscher herum, und, als wir uns kennengelernt hatten, auch mit Dr. Giacomelli, oder ich ging allein meine Runden. Danach klopfte ich oft noch an ihrer Tür, und obwohl sie mich gewöhnlich mit ein paar ungehaltenen Lauten verscheuchte, gab ich nicht nach. Manchmal kam es dann vor, daß sie mir öffnete, und ich konnte vor Aufregung nicht genug von ihr bekommen, mochte sie erst in der Dämmerung schlafen lassen oder beobachtete, sobald sie schlief, noch, wie ihr Gesicht im zunehmenden Licht Konturen annahm. Wenn ich die Schlitze zwischen ihren Auglidern sah, und das Weiße dahinter, die Blässe ihrer Stirn und ihrer Wangen und die Bewegungen ihres Mundes, mit dem sie Stück um Stück aus der Luft herauszureißen schien, wagte ich vor Angst, sie könnte wach werden, kaum, mich zu bewegen, und wartete mit angehaltenem Atem auf die Morgengeräusche im Haus, bevor ich sie abdeckte und meine Blicke stets von neuem über ihren Körper streichen ließ.

Der Tag, an dem ich auf ihre Bitte wieder in unser gemeinsames Schlafzimmer zurückkehrte, irgendwann außer Saison, in der Vorweihnachtszeit, als das Haus vollkommen leerstand, kam für mich nicht überraschend, aber was ich als Neuanfang angesehen hatte, stellte sich als Ende heraus. Denn da war es, daß ich ein Weinglas voll Schnaps auf ihrem Nachtkästchen entdeckte, sie mußte, angetrunken, wie sie war, vergessen haben, es wegzuräumen, und während sie im Halbschlaf vor sich hinbrabbelte, wußte ich augenblicklich, daß das sicher nicht zum ersten Mal und sicher nicht zum letzten Mal vorgekommen war, suchte die Flasche, um den Rest, den sie übriggelassen hatte, auszutrinken, und legte mich in den Kleidern zu ihr ins Bett. Trotz meiner Müdigkeit konnte ich die ganze Nacht nicht schlafen, weil sie sich stets von neuem erhob und mit vor den Mund gehaltenen Händen auf die Toilette verschwand, und am Morgen stand ich mit schwindligem Kopf am Fenster, schaute hinaus auf die Statue des alten Herrn, die im Dunst einen Strahlenkranz um sich hatte, und wußte nicht, ob ich lachen oder weinen sollte, als sie sich von hinten an mich heranschlich und mir ihre Finger auf die Augen legte, als wollte sie mich sehend machen.

Bevor wir uns einander wieder näherten, vergingen Monate, und ich war von neuem Abend für Abend unterwegs und lümmelte ohne meine Freunde bis zur Sperrstunde in irgendwelchen Tanzlokalen herum. Manchmal wurde es draußen bereits hell, wenn ich mich mit einer Nachtschwärmerin an einer Theke fand, mit einer der Übriggebliebenen, einer derer, die sich aufgespart hatten, die, ihre Handtäschchen im Schoß, steif herumsaßen und warteten und nur von Zeit zu Zeit auf die Toilette verschwanden, um ihr Makeup zu erneuern, und wenn ich wenig später mit ihr in die Kälte trat, und sie hängte sich wie selbstverständlich in mich ein, suchte ich nach Ausflüchten, um sie nicht nach Hause begleiten zu müssen. Wenn ich mich erweichen ließ, auch das kam vor, und mitging, landete ich am Ende unweigerlich neben ihr in der Halle eines Hotels und bearbeitete sie allein aus Höflichkeit so lange, bis sie überzeugt war, daß sie könnte, wenn sie wollte, aber natürlich wollte sie nicht, und voll Verachtung wies sie mir die Tür. Die Sonne war meistens schon aufgegangen, wenn ich mich auf den Heimweg machte und vor Passanten so tat, als wäre ich auf meinem Morgenspaziergang, ob sie mir es abnahmen oder nicht, und obwohl Winter war, glaubte ich mich im nachhinein an das Gezwitscher von Vögeln zu erinnern, das ich dabei immer gehört hatte, ein Durcheinander von Stimmen in Aufruhr, Hunderte, Tausende mußten es sein, und ich stand mit schmerzenden Ohren im Zentrum.

Zum ersten Mal wirklich zur Sache kam ich ein paar Saisonen später, und von da an sah ich zu, daß ich von Zeit zu Zeit meine Abenteuer hatte, schließlich boten sich Chancen genug. Gewiß, es war etwas Eigenartiges daran, ich machte mir nichts vor, wenn ich kaum eine Gelegenheit ausließ, meinen eigenen Kellnerinnen oder Zimmermädchen nachzustellen, aber es war, wie es war, und es nützte nichts, wenn ich mir nachträglich den Kopf darüber zerbrach. Meistens handelte es sich um einfache Dinger, die ich über Annoncen im Osten des Landes fand, und entweder waren sie so naiv, daß sie nicht ahnten, worauf es hinauslief, oder sie trauten sich nicht, nein zu sagen, wenn der Chef sie um ein Rendezvous bat. Auf meine Vorstöße antworteten sie mit einem nervösen Lächeln, oder sie warteten wie unter Hypnose ab, was mit ihnen geschah, oder versuchten, alles ins Lachhafte zu ziehen, und als ich älter wurde, passierte es mir wieder und wieder, daß sie mich mit ihrer Unschuld aus dem Gleichgewicht brachten, bis ich sie nicht mehr anzuschauen vermochte, ohne vor Aufregung zu zittern.

Trotzdem hörte ich nicht auf, mich um sie zu bemühen, und wenn es am Anfang ohne viel Aufhebens geschehen war, versuchte ich, es später mehr und mehr zu inszenieren, weil ich mir davon versprach, sie schneller aus ihrer Bodenständigkeit herauszureißen. Dann konnte ich sie von Kopf bis Fuß einkleiden, ich konnte ihnen Schmuck schenken oder sie nur auf einen Ausflug nach Innsbruck mitnehmen, einmal war es auch Wien, ein anderes Mal München, und mit ihnen essen gehen, einen Bummel durch die Altstadt machen oder in einem Straßencafé sitzen und den Passanten zuschauen. Oft war es nicht mehr, aber es genügte vollauf, um ihnen das Gefühl einer überwältigenden Mondänität zu geben, und wenn dann noch dazukam, daß wir ins Theater gingen oder in eines der Lokale, wo auf den ersten Blick alle etwas miteinander hatten und es möglich war, daß irgendein Kerl mit ihnen herumflirtete, als wäre ich nicht da, dankten sie mir mit leuchtenden Augen, schlangen ihre Arme um meinen Hals und küßten mich auf die Stirn und auf beide Wangen oder sagten vor Aufregung wieder Herr Kommerzialrat zu mir, und ich mußte die Beharrlichkeit eines Wüstlings haben, wenn ich nicht den Wunsch verspürte, sie zu adoptieren.

Mein Aufwand wurde von Jahr zu Jahr größer, und obwohl ich mir ein eigenes Konto anlegte, von dem ich sämtliche Extravaganzen abbuchte, damit meine Frau nicht auf sie aufmerksam wurde, kamen öfter und öfter nur mehr Kinkerlitzchen zustande, Abende in Schummerecken, bei denen sie sich an mich drückten, als wäre ich kein Mann, Hand-in-Hand-Spaziergänge, die in Wirklichkeit Blindenführungen waren, Großvater-und-Enkelin-Spielchen, Almosen, alles in allem, von ihnen aufwendig verpackt, und ich begann, mich gegen ihr Zuvorkommen zu wehren, gegen ihre Liebenswürdigkeit und ihre wohlwollenden Blicke, und versuchte, sie mir aus dem Kopf zu schlagen.

Zu der Zeit hatte ich längst schon alle möglichen Funktionen übernommen, abgegeben und wieder übernommen, und natürlich wurde ich wegen meiner Affären von vielen Seiten angesehen, als wäre ich ein Schwerverbrecher, um so mehr, als sich mit den Jahren die immer häufiger auftretenden Eskapaden meiner Frau nicht mehr verbergen ließen. Vielleicht hätte ich mir früher den Kopf darüber zerbrochen, aber da war ich schon in einem Alter, in dem ich meine eigenen Rechnungen aufstellte, und das Vakuum unter dem Strich befreite mich in meinen Augen von sämtlichen Verpflichtungen ihr gegenüber. Abgesehen von den paar Malen, bei denen sie über Abgründe hinweg alles schönreden wollte, hatte ich mich längst mit ihr arrangiert, und wenn andere Leute nicht damit zurechtkamen, war es nicht mein Problem, ich konnte ihnen nicht helfen. Dazu gehörte auch, daß ich meinen Freunden nicht antwortete, wenn sie vorgaben, wissen zu wollen, wie es ihr ging, oder ich sagte nur, was für eine Frage, und bemühte mich, den Ton so zu treffen, daß sie sich nicht sicher sein konnten, ob sie loslachen sollten, und verwirrt auf mein Kommando warteten.

Dann erinnerte ich mich manchmal daran, wie ich nach meinem ersten Krankenhausaufenthalt, auf dem Kalender war es nicht mehr lange Frühling, noch mit meinem Kopfverband und mit verbundenen Händen, in Begleitung meiner Frau durch die Stadt spaziert war, bevor wir uns nach Hause aufgemacht hatten. Von einem Augenblick auf den anderen sah ich sie wieder mit ihren nackten, sommersprossengesprenkelten Armen um mich herumtänzeln, einmal von der linken, einmal von der rechten Seite in mein Gesichtsfeld hereinwirbeln und mit den unwirklichsten Drehungen und Verwindungen aus ihm verschwinden, aus meinem von Mullbinden eingeengten Scheuklappenausschnitt. Wenn ich nach ihr haschte und versuchte, sie festzuhalten, spürte ich stets von neuem nur, wie der Stoff ihres Kleides langsam an meinen scheinbar immer noch wunden Fingern vorbeistrich, und ob ich wollte oder nicht, ich brachte es zwanghaft mit dem Verstreichen der Zeit in Verbindung.

Damals war das erste, was wir taten, daß wir das Blutdruckmeßgerät abholten, das ich noch in der Klinik bestellt hatte, und wir waren kaum aus dem Geschäft, als ich schon nicht mehr an mich halten konnte, es einem Test zu unterziehen. Wir blieben stehen, wo wir waren, und während meine Frau mich ansah, als würde ich mein Leben riskieren, setzte ich mir das Stethoskop auf, band die Gummimanschette mit ihrer Hilfe an meinem Oberarm fest und pumpte sie voll, bis der Puls an meinem Handgelenk verschwunden war. Das Pochen kam wie aus dem Raum, als ich Aug in Aug mit ihr die Luft langsam wieder ausließ, eher schien es mir das Signal eines Außerirdischen zu sein, das ich auffing, als das Strömen meines eigenen Blutes, und ich schaute an ihr vorbei auf die rhythmisch zuckende Nadel der Anzeige und wartete darauf, daß es verklang.

Der Schreck über das Geräusch, dessen Hallraum unendlich zu sein schien, überfiel mich auch später noch, und ich erwartete immer, etwas anderes zu hören, wenn ich lange genug in mich hineingehorcht hatte, nicht dieses Anbranden von Wogen, die in mir keinen Platz haben konnten. Was mich beruhigte, waren die Werte, die ich hatte, mochten sie noch so hoch sein, sie blieben greifbar, und solange ich sie in mein Notizbuch eintrug, Zahlenkolonnen, mit Datum und Uhrzeit versehen, ließen mich neue Maxima nach einem ersten Zusammenzucken mit einer unerklärlichen Befriedigung zurück. Dann stellte ich mir vor, daß es sich um Geschwindigkeiten handelte, abgelesen an einem Tachometer, und nach allem, was ich von mir wußte, mußte ich den Motor eines Sportwagens haben, eine Maschine mit glänzenden Kolben und Zylindern und einer Vielzahl von Ventilen.

Davon konnte in der Woche nach Ostern, die ohne Besserung verging, keine Rede mehr sein, und wenn ich sah, wie wenig mit mir geschah, außer daß man mich mit Medikamenten vollstopfte, wußte ich nicht, wozu ich überhaupt in der Klinik war. Erst in den darauffolgenden Tagen wurde ich allmählich meine Schmerzen los, Augenblicke, wo ich mich leicht fühlte, wechselten mit anderen, in denen ich wie hingepflockt in meinem Bett lag, ich hatte keine Sehstörungen mehr, auch meine Schlaflosigkeit war verflogen, ich schlief stundenlang ohne Unterbrechung oder döste vor mich hin. Mein Bedürfnis nach Ruhe war so groß, daß ich mich nicht einmal zum Lesen brachte, und ich nahm meine Bettnachbarn nur wahr, wenn einer nach Hause durfte oder fortgeschafft wurde oder wenn ein Neuer dazukam. Manchmal wurde ich mit einem Geschmack im Mund wach, als hätte ich zu viel getrunken, und wenn alles Ausspucken, alles Gurgeln und Spülen nichts nützte, schickte ich meinen Vertrauensmann unter den Pflegern mit einem Tausender um eine Flasche Sekt, obwohl ich wußte, ich bekam von ihm nur einen Piccolo und einen verschwörerischen Handschlag oder ein spöttisches ›Prost, Herr Kommerzialrat, auf Ihr Wohl‹ zurück.

Als meine Frau mich am Tag, bevor ich wieder nach Hause konnte, besuchen kam, waren Thérèse und Sophie bei ihr, die so vorsichtig miteinander umgingen, daß ich mir einredete, den Steirer zwischen ihnen stehen zu sehen. Ohne Zweifel war er es, ein Verschnitt von Mann, der seinen weißen Anzug wie ein Markenzeichen trug und mich zu allem Überfluß auch noch anlachte, und es gelang mir lange nicht, meinen Blick von ihm abzuwenden, ich starrte ins Leere und wartete, bis er verschwand. Mit einem Mal war mir klar, daß ich ihn immer noch am Hals hatte, ich wußte, ich konnte nichts dagegen tun, und schwor mir, vielleicht aus Aberglauben, vielleicht, weil ich ihnen die Schuld daran gab, mich wenigstens vor meinen Lieben in acht zu nehmen.

Trotzdem verbrachte ich über eine Stunde mit ihnen, und als ich mich mit geschlossenen Augen in mein Bett zurücksinken ließ, genügte es als Zeichen für sie, zu verschwinden. Vom Gang waren eine Zeitlang noch ihre Stimmen zu hören, und ich versuchte zu verstehen, was sie mit wem auch immer zu palavern hatten, aber es schienen nur die gleichen Fragen zu sein, mit denen sie zuvor schon mir gekommen waren. Dann hörte ich ihre Schritte, und es wurde plötzlich still, abgesehen von den üblichen Geräuschen, die mir vor dem Einschlafen oft das Gefühl gaben, das Krankenhaus sei ein riesiges Schiff, das mit tief in seinem Inneren arbeitenden Turbinen auf einem Ozean dahintrieb.

Trotz meiner Vorbehalte schien der Professor,

den ich vor meiner Entlassung zum ersten Mal sah, voller Zuversicht zu sein, ein unentwegt vor sich hinlächelnder, älterer Herr, hinter dem ich einen Schöngeist vermutete, der, unmittelbar vor der Pensionierung, seinen Pflichten wie einem Steckenpferd nachkam und, während er sich an meinem Bett aufhielt, von seinen Begleitern angesehen wurde wie ein Relikt aus einer längst vergangenen Zeit. Was man ihm über mich erzählt hatte, war mir nicht bekannt, aber ich genoß es, wie er den Wissenden spielte, wie er mich abhorchte, pro forma, wie er mir auf den Rücken und auf die Brust klopfte und mit seinem Kopf nickte, als wäre alles in Ordnung, und ich ließ ihn gewähren. Das Getue war mir nur recht, und auch als er so weit ging, den Diätplan zu zerreißen, den man für mich aufgestellt hatte, und die Dosis meiner Medikamente zu reduzieren, hatte ich nichts dagegen, und ich stand schon auf der Straße, als ich merkte, daß ich in seinen Augen ein hoffnungsloser Fall war.

Wieder zu Hause, hatte ich zunächst mit mir selbst so viel zu tun, daß ich nicht auf die Idee kam, mich darum zu kümmern, was in meiner Abwesenheit geschehen war. Die Tatsache, daß mich der Hund bei der Begrüßung nicht erkannte, schien ein Omen zu sein, wofür auch immer, zumindest führte er sich auf, als wäre ich ein Fremder, um mir gleich darauf mit einer Hartnäckigkeit die Hände und das Gesicht abzulekken, als wollte er alles wiedergutmachen, und ich wußte mich nicht gegen ihn zu wehren. Am Anfang gelang es mir kaum, ohne Pause von einem Dorfende zum anderen zu gehen, ich hatte Atemnot, mir wurde schwarz vor den Augen, meine Knie knickten ein, und wenn ich mich trotzdem mit einem täglichen Spaziergang quälte, so nur, um mir zu beweisen, daß ich noch nicht am Ende war. Dazu kam, daß ich einen Grund hatte, in den Lokalen, die auf dem Weg lagen, einzukehren, und sobald ich an der Theke stand, mußte ich etwas trinken, ob ich wollte oder nicht, um mich nicht zu blamieren, und ich stieß mit den Wirten auf ein langes Leben an.

Die Rührseligkeit, mit der meine Freunde mich empfingen, war verräterisch. Als wäre ich von den Toten auferstanden, fielen sie mir einer nach dem anderen um den Hals, und ich mußte mich losreißen, um Luft zu bekommen, und wollte es nicht wahrhaben, aber in den Augen von Pfeiffer und Flatscher standen tatsächlich Tränen, während Dr. Giacomelli auffällig schnell auf die Toilette verschwand. Die Kerle taten, als könnten sie nicht ohne mich leben, und ich mußte selbst achtgeben, daß ich von ihrem Tamtam nicht übermannt wurde, als sie mit einem Photoapparat antanzten und Bilder von mir machten, einen ganzen Film, und am Ende baten sie die Chefin der Milchbar, mich in ihrer Mitte aufzunehmen, warfen sich mit einem Lächeln in Pose und erstarrten.

Der Pfarrer wollte mich mit Weihwasser kurieren, er wollte mich auspendeln, was auch immer er darunter verstand, er wollte mich akupunktieren, massieren und allen Ernstes zur Beichte verführen, als er am ersten Wochenende nach meiner Rückkehr zu Besuch kam. Dann folgte seine übliche Versicherung, er würde mich sonst zumindest in seine Gebete einschließen, und weil mir nichts weniger willkommen war als das, bat ich ihn zu tun, was er verantworten konnte, und hielt still, während er seinen Hokuspokus an mir vollzog. Zu guter Letzt ließ ich mich von ihm segnen, aber sobald er aus dem Haus war, warf ich die Fläschchen weg, die ich ihm abgekauft hatte, damit er endlich verschwand, Tropfen und Tinkturen, die nach Urin rochen, und zum ersten Mal seit langer Zeit suchte ich unter meinen Büchern die Bibel und las im Alten Testament.

Meine Frau ließ sich kaum blicken. Tagein, tagaus kümmerte sie sich um das Kind, das in ihrer Obhut war, weil Thérèse seit Ostern wieder Arbeit hatte, als Verkäuferin im Nachbardorf, und ausschließlich zum Schlafen nach Hause kam, und nachdem auch Sophie an den Wochenenden nicht auftauchte, war ich, ohne von ihrer Anwesenheit viel zu merken, mit ihr allein. Meistens schien sie unterwegs zu sein, entweder sie schob das immerzu schreiende Monster im Buggy umher, dem es längst entwachsen war, oder sie packte es in ihren Wagen, fuhr mit ihm die Straße hinaus, bis sie für alle außer Reichweite war, und ging spazieren, oder sie traf ihre Freundinnen wieder, von denen sie manche jahrelang nicht gesehen hatte, obwohl sie nicht weit von ihr wohnten, und wenn sie von ihren Ausflügen zurückkehrte, sah ich ein, daß sie nicht in der Stimmung sein konnte, sich mit mir zu unterhalten.

Die Saison war längst schon vorbei, und der Steirer hatte das Dorf verlassen, noch ehe er auch in der ›Alpenrose‹ hinausgeflogen war, als ich mich endlich daran machte, Erkundigungen einzuziehen. Aber sein Zimmernachbar blieb unerreichbar, und ich mußte mich auf die Aussagen von anderen Zuträgern stützen, denen zufolge der Kerl in der Woche nach Ostern tatsächlich in meinem Haus ein- und ausgegangen war, wahrscheinlich mit Wissen meiner Frau, und Sophie hatte Schule geschwänzt, um für ihn da zu sein, Tür an Tür mit Thérèse, die angeblich nichts sah und nichts hörte und überhaupt die Dumme war. Offenbar gab es genug Leute, die Bescheid wußten und, wenn sie sich einmal erwärmt hatten, nicht mehr aufhören wollten zu erzählen, aber auf Details ließ ich mich von Anfang an nicht ein, auch wenn sie es verstanden, aus allem etwas zu machen, und mich mit Dutzenden von Beobachtungen richtiggehend in die Enge trieben.

Zum Glück gelang es mir, in der Öffentlichkeit Haltung zu wahren, aber wenn ich keine Beobachter hatte, mußte ich achtgeben, daß ich nicht alles, was mir in die Hände fiel, kurz und klein schlug. Allein die Tatsache, daß ich nachträglich nichts mehr tun konnte, brachte mich um die Ruhe, und ich hatte keine Wahl, als mir nächtelang auszumalen, wie ich Genugtuung verlangen würde, bis ich die Wachträume, die mich auf einmal verfolgten, nicht mehr unter Kontrolle bekam. Manchmal, wenn ich im Schlafzimmer ans Fenster trat und auf die Statue des alten Herrn hinausstarrte, war ich mir trotz der Dunkelheit sicher, daß eine Gestalt auf ihrem Sockel saß, die mich nicht aus den Augen ließ und erst verschwand, wenn ich anfing zu brüllen oder aus dem Haus lief und schaute, was los war.

Mit der Zeit verfiel ich wieder darauf, daß ich Sophie unter immer anderen Vorwänden in der Schule anrief, bis man mich nicht mehr mit ihr verbinden wollte oder auf einem Rückruf bestand, aber wenn er kam, gab ich vor, nichts zu wissen. Mitunter versuchte ich es mehrmals am Tag, und sooft es hieß, sie wäre mit ihren Freundinnen weggegangen oder aus sonst einem Grund nicht auffindbar, war ich mir sicher, daß sie sich verleugnen ließ, und ich mußte mich zusammennehmen, daß ich nicht laut loslachte oder anfing zu schimpfen und zu schreien. Dann war ich so außer mir, daß ich kein Wort mehr herausbrachte, wenn ich sie endlich erreichte, und auf ihre Fragen, ob alles in Ordnung war, nur auflegen konnte oder gewiß sagen, gewiß, und mich in Belanglosigkeiten ergehen.

Die Nummer des Steirers hatte ich noch in meiner Kartei, und schon wenn ich sie wählte, glaubte ich, das Blut in meinen Adern hin- und herschießen zu spüren, ein Brennen in der Brust, eine plötzliche Leere im Kopf und im Bauch, daß mir schwindlig wurde, wenn ich hörte, wie er seinen Namen sagte, Vor- und Nachname, als wäre es nicht vollkommen egal, wie er hieß, sein lachhaftes ›am Apparat‹ und ein verschrecktes Hallo in immer kürzer werdenden Abständen, bis er endlich schwieg. Dann unterbrach ich die Verbindung, ein Knacken, weg war sein Atem, statt dessen das Tuten, ein durchgehender Ton, und er irrte ohne Kontakt irgendwo im Weltraum umher, auf einer Umlaufbahn, von der es kein Zurück gab. Oft hatte ich Verwünschungen auf der Zunge, aber ich hütete mich, ihn zu erlösen, und ließ seine Hilferufe um so ruhiger verschallen, je unruhiger er wurde, oder manchmal, wenn ich ihn mitten in der Nacht aus dem Schlaf riß und annehmen konnte, daß er nicht richtig wach war, preßte ich mit verstellter Stimme etwas Unverständliches hervor, zusammenhanglos ein paar Silben, und verstummte sofort wieder. Bis er sich auf einmal nicht mehr meldete, vergingen Wochen, und ich wollte meine Versuche schon aufgeben, als schließlich seine Schwester am Telephon war und mir erzählte, er wäre auf ein Schiff gegangen, und vor seiner Rückkehr würde es Herbst werden, wahrscheinlich sogar Winter, oder er blieb überhaupt weg.

Als ich Sophie wiedersah, war es Ende April, Anfang Mai, und ich wußte auf den ersten Blick, die Tage, an denen ich sie von der Schule abholen konnte, waren vorbei, meine Bemühungen um sie schienen nur mehr Theater zu sein, und ich mußte achtgeben, daß ich ihr keinen Grund gab, sich über mich lustig zu machen. Ohne Zweifel war sie kein kleines Mädchen mehr, wenigstens hatte ich Mühe, nicht in einem fort auf ihre Brüste zu starren, während ich mit ihr sprach, und auf einmal wurde mir die Lächerlichkeit meiner Ausfälle bewußt. Schließlich hatte sie öfter Freunde, die über Nacht blieben, ohne daß ich hinter ihnen herspionierte oder wissen wollte, ob sie in ihrem eigenen Zimmer schliefen oder nicht, aber es brauchte wenig, damit ich mich wieder vergaß, und allein die Erinnerung, wie sie außer Saison manchmal ohne Kleider im Haus umhergelaufen war, als wäre sie die Unschuld selbst, und nichts, aber auch gar nichts könnte ihr etwas anhaben, ließ mich von neuem unversöhnlich werden. Dabei war ich froh, daß sie nicht mehr glaubte, mir zeigen zu müssen, wie unerträglich ich ihr anscheinend war, ihr Stöhnen blieb aus, ihr ständiges Auf-die-Uhr-Schauen, das sie so oft praktiziert hatte, ihr Augenauf- und -zuschlagen, und ich war schon drauf und dran, mir einzureden, es würde alles noch werden, als ich merkte, aus welcher Distanz sie an mir vorbeischaute, und ich fühlte mich zum ersten Mal in ihrer Gegenwart als alter Mann.

Da hatte ich bereits die Gewohnheit, an schönen Tagen mit dem Geländewagen auszufahren, ohne einen anderen Grund als meine Freude daran, oder ich ging, sobald ich zu Fuß wieder besser unterwegs war, je nachdem, das Gewehr geschultert oder am Spazierstock, mit dem Hund querfeldein oder streifte durch den Wald. Zu Hause, wenn überhaupt, war ich in der Milchbar und im Café Tirol, wo ich in der Vorsaison, als die Lokale schon aufgesperrt hatten, eine Zeitlang tagtäglich einkehrte, oft nicht nur einmal. Meistens saß ich allein da, weil sich die Leute noch in ihren Häusern verkrochen, bevor das Geschäft wieder begann, oder sie hatten sich überhaupt für ein paar Wochen aus dem Staub gemacht, und meine Freunde schienen mich aufgegeben zu haben, sie blieben gleichgültig, als ich ihnen mit meinen Sorgen kam, winkten ab, als wären sie über alles im Bild, und machten sich, entgegen meinen Befürchtungen, nicht einmal die Mühe, mich zu ärgern.

Als ich nach Pfingsten einen Unfall hatte und wieder ins Krankenhaus mußte, sprachen alle von Absicht, und ich wurde den Verdacht nicht los, daß meine Freunde dafür verantwortlich waren, zumal Pfeiffer und Flatscher, Dr. Giacomelli konnte ein Gentleman sein, und ich lief mit meiner Halskrause und beiden Armen in Gips wortlos an ihnen vorbei und genoß es, wenn sie mir nachschauten, als wäre ich der Leibhaftige selbst. Wenig später entledigte ich mich aller Ämter, von denen ich die meisten ohnehin eher pro forma innegehabt hatte, oder ohne mein Wissen, und schließlich war es so weit, ich nahm vor dem versammelten Dorf endgültig Abschied vom öffentlichen Leben. Von da an machten mich die Aufgeregtheiten anderer Leute nur mehr lachen, ich schaute ihnen wie aus weiter Ferne zu, und wenn ich mich nicht dagegen wehrte, kam ich mir manchmal schon wie ein Urlauber vor.

Zu Beginn der Sommersaison tauchten Gerüchte im Zusammenhang mit mir und der Diva auf, die samt und sonders nicht richtig waren. Am Anfang ärgerte ich mich darüber, alle im Dorf kannten sie als Frau von Rang und Namen, alle mußten mich kennen, und ich wollte wissen, was dahintersteckte, und merkte lange nicht, daß das Dümmste, was ich tun konnte, war, mich dagegen zu wehren. Die Devise hieß, ruhig bleiben, zustimmen und, wenn möglich, selbst dafür sorgen, daß nichts im Sand verlief, und als ich das begriffen hatte, stieß ich mich nicht mehr daran.

Tatsächlich hatte ich eine Affäre mit ihr gehabt, als sie zum ersten Mal im Dorf auf Urlaub war, noch vor meiner Ehe, eine Woche, mehr konnte es nicht gewesen sein, aber eine Woche, vollgepackt mit Tagen und Nächten, die in einem einzigen Taumel vorbeirauschten. Mit wenigen Ausnahmen war sie danach stets im Winter wiedergekommen, und obwohl ich mich auf nichts mehr mit ihr eingelassen hatte, blieb, ungeachtet vieler Mißverständnisse, eine Verbindung erhalten, um so mehr, schien es, je unwahrscheinlicher es wurde, daß wir nicht endgültig voneinander genug hatten. Oft sahen wir uns gar nicht, wenn sie da war, entweder sie vergaß, sich zu melden, weil ich sie vorher abgewiesen hatte, oder ich ließ mich verleugnen, wenn ich sie nicht sehen wollte, und trotzdem änderte sich nichts. Denn die Briefe, die sie mir von Zeit zu Zeit schrieb, kamen wie aus einer anderen Welt, unabhängig davon, worum es in ihnen ging, und ohne mir klarzumachen, was ich alles in sie hineininterpretierte, wurde ich unruhig, wenn ich manchmal monatelang auf sie warten mußte, ich begann, die Post selbst zu sortieren, wühlte in meinen Papieren herum und kritzelte zu guter Letzt ein paar Grüße auf eine Karte, die ich per Eilboten aufgab.

Dieses Mal war sie auf meine Hilferufe im Sommer gekommen, und obwohl sie nach einer Woche schon abreisen wollte, und von da an regelmäßig wieder, blieb sie bis in den Herbst. Zu der Zeit war ich allein, weil meine Frau sich für ein paar Monate mit dem Kind zu ihrer Familie zurückgezogen hatte, angeblich um nachzudenken, auf jeden Fall war sie in der Obhut ihrer Verwandten, während Thérèse immer noch im Nachbardorf arbeitete und Sophie Ferien hatte und sich zum Geldverdienen in der Schweiz aufhielt, und natürlich ahnte ich, was für ein Fauxpas es war, wenn ich mich mir nichts, dir nichts mit ihr zusammen sehen ließ. Schließlich fehlte es überall so sehr an Gästen, daß das Dorf über Wochen fast leer blieb und die Leute nichts Besseres zu tun hatten, als Detektive zu spielen, und ich wußte, das Getuschel setzte spätestens ein, als sie sich entschloß, von der ›Alpenrose‹, wo sie die ersten paar Tage verbracht hatte, zu mir zu ziehen. Zwar bekam ich wenig zu Ohren, aber es mußte die Gemüter erregen, wahrscheinlich sprach auf einmal alles gegen sie, allein daß sie keine Einheimische war, daß sie etwas mit dem Theater zu tun hatte, oder auch nur ihr Status als Witwe eines Industriellen konnte sie in Verruf bringen, und ich zweifelte nicht daran, daß zwielichtige Geschichten über sie in Umlauf waren. Wenn ich an die Kerle dachte, die sie Jahr um Jahr vor den Kopf gestoßen hatte, das ganze Dorf, mehr oder weniger, sämtliche Männer, vermochte ich mir vorzustellen, was los war, und um einen Vorgeschmack auf ihre Nachreden zu haben, brauchte ich mich nur daran zu erinnern, wie Pfeiffer und Flatscher am Anfang stolz verkündet hatten, sie würden für einen Abend mit ihr einen Monatslohn ausgeben, weil sie ein Geschenk des Himmels war, oder mehr noch, eine Million, wenn sie eine hätten.

Zuerst zögerte ich, als die Diva vorschlug, wir

sollten mitmachen, wir sollten tun, was alle erwarteten, und uns so verhalten, daß wir dem Dorfklatsch voraus waren, aber nach und nach fand ich Gefallen daran und bemühte mich, meinen Mann zu stehen. Natürlich erschien es mir am Anfang lächerlich, mit ihr als Liebespaar aufzutreten, in meinem Alter, und sie war auch nicht mehr die Jüngste, aber ich takelte mich auf, zerrte Stücke aus meinen Kästen hervor, die ich jahrelang nicht angehabt hatte, und war zufrieden, wenn ich neben ihr vor dem Spiegel stand und merkte, wie sie mich ansah. Die Beklemmung, mit der ich in den ersten Tagen Arm in Arm mit ihr spazierenging, wich einer Leichtigkeit, die mich mein Herz und seine Launen vergessen ließ, und wenn ich spürte, wie sie mit ihrem ganzen Gewicht an mir hing, mußte ich achtgeben, daß es ein Spiel blieb, daß ich ihr nicht mit verschwommenen Komplimenten in den Ohren lag, ein Kavalier der alten Schule, wenn es ganz schlimm kam, ein lächerlicher Narr. Bald schon forderte ich es regelrecht heraus, in ihrer Begleitung gesehen zu werden, und obwohl sie sich mitunter aufführte, als wollte sie den Leuten zeigen, daß sie im Unrecht waren, und ihnen zuwinkte, sie mit einem spöttischen ›Grüß Gott‹ verschreckte oder nur ihren Blick so lange nicht abwandte, bis sie nicht mehr wußten, wohin schauen, wenn ich mit ihr im offenen Wagen unterwegs war, kam ich nicht einmal auf die Idee, etwas verbergen zu müssen, und ihre Anwesenheit war für mich genauso selbstverständlich wie meine eigene, wie zu Zeiten die Anwesenheit meiner Freunde oder wie das Dahindämmern des Hundes.

Auf jeden Fall hatten die Diva und ich nebeneinanderliegende Zimmer mit einer Verbindungstür, die in der Regel offenstand. Die Geräusche, die von ihr zu mir herüberdrangen, wirkten beruhigend auf mich, und ich wurde mucksmäuschenstill, wenn sie am Abend ihre Toilette machte, ich lauschte und versuchte, jeden Laut mit einem Handgriff von ihr in Verbindung zu bringen, und wenn sie aus dem Badezimmer trat, bildete ich mir ein, die Schritte ihrer nackten Füße auf dem dicken Teppichboden hören zu können, verschluckt, Töne wie unter Wasser, während sie zum Fenster ging und es aufmachte, und auf einmal drang die Stille der Nacht herein und übertönte alles. Wenn sie ihr Licht noch anhatte, lag ich oft schon im Dunkeln und sah von meinem Bett aus den Schatten ihres Kopfes auf der gegenüberliegenden Wand, unwirklich vergrößert, oder ich las, und ihr Atem war da, und es gelang mir, die Fluchten mit Dutzenden von leeren, längst angestaubten Räumen und ihren Gespenstern rundum zu vergessen. Mitunter war ich drauf und dran, sie in meine Misere einzuweihen, aber aus Angst vor ihrem Verständnis hielt ich mich dann doch zurück, und wenn ich eine Auswahl der Photos mit Dorfszenen, die ich seit langer Zeit gesammelt hatte, Aufnahmen, die sich über das ganze Jahrhundert erstreckten, und darüber hinaus, wie ein Puzzle auf einer Decke ausbreitete und ihr erklärte, wer sich hinter den einschüchternd blickenden Kerlen mit aufgezwirbelten Schnurrbärten, den schwergewichtigen Matronen in Glockenröcken und den allzu erwachsen wirkenden Kindern, den Mädchen mit Zöpfen und den fast kahl geschorenen Jungen, alles verbarg, welche Verwandten und Bekannten, sparte ich mit meinem langsamen Vorrücken in der Chronologie immer mehr aus, bis ich verstummte, ohne ein einziges Mal auf meine Frau oder meine Töchter zu sprechen zu kommen.

Zum Glück stellte sie mir keine Fragen, ich konnte sagen, was ich wollte, mittendrin abbrechen und irgendwo anders anfangen, und sie war zufrieden, sie lächelte nur, wenn ich mich in Widersprüche verstrickte, und ließ mir Auslassungen durchgehen, sie übersah es (sie mußte sich nicht dazu zwingen, es zu übersehen), wenn mir Gehässigkeiten passierten, sie bremste mich nicht, wenn ich obszön wurde, und verstand es zu warten, und am wichtigsten war, daß sie sich nicht vor den Kopf gestoßen fühlte, wenn ich wieder und wieder schwieg.

Meine Frau rief mich alle paar Tage an und wollte meistens nur wissen, ob es etwas Neues gab, und wenn ich nein sagte, war unser Gespräch oft schon beendet, Thérèse bekam ich kaum zu Gesicht, obwohl sie ohne Zweifel immer noch zu Hause schlief und ich nicht wußte, wie sie ungesehen ein- und ausging, und als Sophie an einem Wochenende, bevor sie wieder in die Schule mußte, plötzlich aus der Schweiz auftauchte, drängte mich nichts, mit ihr Zeit zu verbringen.

Der Steirer war so weit weg, wie er nur sein konnte, als ich mich gegen Ende des Sommers entschloß, alles aufzuschreiben. Obwohl ich längst glaubte, es berührte mich nicht mehr, was in den vergangenen Monaten mit mir losgewesen war, stand ich zum ersten Mal seit Wochen wieder am Morgen auf und setzte mich im Wohnzimmer an den Tisch, und wenn ich nicht mit der Kraftlosigkeit zu kämpfen hatte, die mich oft von einem Augenblick auf den anderen befiel, unterbrach ich meine Arbeit ausschließlich, um mit dem Hund spazierenzugehen. Tatsächlich war ich so sehr damit beschäftigt, daß ich es fast nicht bemerkte, als die Diva abreiste, und als es Unstimmigkeiten im Tourismusverband gab und

Pfeiffer und Flatscher zu mir kamen und mich um Hilfe baten, wollte ich von ihnen nur wissen, wieso ausgerechnet sie all meine Ämter übernommen hatten, und schickte sie ohne etwas nach Hause, so wichtig waren mir die paar Zeilen, die ich Tag für Tag zu Papier brachte, auch wenn ich nicht wußte, warum.

September, Oktober, November

Dezember

Der Steirer ist wieder im Dorf, ohne Zweifel, ich habe ihn gesehen, gerade als ich mit dem Hund aus dem Haus gegangen bin, um vor dem Dunkelwerden noch einen letzten Rundgang zu machen. Das ist nicht mehr als ein paar Stunden her, und ich zittere immer noch, wenn ich mir überlege, woran ich ihn erkannt habe, ob es die Nachlässigkeit seiner Bewegungen gewesen sein kann, ob sein Zögern, als er auf mich aufmerksam geworden ist, oder die Stimme, mit der er mir etwas nachgerufen hat, ohne daß ich verstanden habe, was. Es ist sonst niemand unterwegs gewesen, weit und breit kein Mensch, wie schon seit Tagen, wenn ich mich im Freien herumgetrieben habe, seit dem endgültigen Einbruch der Kälte, nur der

Kerl, der im Schneetreiben dabeigewesen ist, den Zugang zur ›Bar‹ freizuschaufeln, in seinem Anorak und seiner Überhose ein richtiger Hüne, mit einer Bankräubermütze, mit Sehschlitzen und Atemlöchern, und obwohl ich sein Gesicht nicht gesehen habe, bin ich mir im Vorbeigehen sicher gewesen, er muß es sein.

Die auf beiden Brückengeländern angebrachten Plakate mit seinem Konterfei sind mir erst auf dem Heimweg aufgefallen, ich habe sie angeschaut, immer unruhiger, und bin schließlich außer Atem, meinen Kopf eingezogen, an ihnen entlanggeschlichen, während sich die Schneefräse, die vor dem Feuerwehrhaus gestanden sein muß, in Bewegung gesetzt hat, und ihr Blinklicht ist, weit auslappend, in Schlägen auf die in der Dämmerung weiß leuchtenden Hänge gefallen.

Draußen hat es nach einer Unterbrechung wieder zu schneien begonnen, und im Licht des Scheinwerfers, der die ganze Hausfront beleuchtet, sehe ich von meinem Schreibtisch aus ein einziges Flockengestöber, mehr nicht, auch wenn ich von Zeit zu Zeit ans Fenster trete und in das Durcheinander starre, bis mir schwindlig wird. Dann wieder bleibe ich vor dem offenen Kamin stehen, in dem ich ein Feuer angemacht habe, sobald ich nach Hause gekommen bin, aber es fröstelt mich, und auch wenn ich auf und ab laufe, wird mir nicht warm. Der Hund, der am Anfang noch all meine Bewegungen verfolgt hat, schläft längst, und wenn er im Schlaf japst oder mit seinen Pfoten ausschlägt, die mit einem Kratzen über den Holzboden streichen, hebe ich meinen Blick, oder ich versuche, ihn, ohne meinen Blick zu heben, mit ein paar Worten zu beschwichtigen.

Das ist alles, ich stehe auf und setze mich, ich stehe wieder auf und setze mich wieder, unfähig, etwas anderes zu tun, während Stunde um Stunde verstreicht, bis ich irgendwann nach Mitternacht im Dunkeln sitzen bleibe und nur mehr darauf warte, daß der Morgen anbricht.

III

Fremde

Wir waren überrascht, den Steirer wieder im Dorf zu sehen, noch dazu an seiner alten Stelle in der ›Bar‹, wo man ihn im vergangenen Jahr davongejagt hatte, aber als wir zum ersten Mal mit ihm zusammenkamen, war nichts Besonderes daran, und wir sprachen über alles mögliche, nur nicht über unseren Freund. Zwar erinnerten wir uns wieder an die Geschichte, die er im Sommer erzählt hatte, aber es schien immer noch eine Lappalie zu sein, fast schon vergessen, und wenn wir ihn damals aus Instinkt nicht ernst genommen hatten, ahnten wir längst, daß seine Verdächtigungen übertrieben waren. Beiden Töchtern ein Verhältnis mit ein und demselben Kerl anzudichten, konnte nur seiner Phantasie entspringen, und wir sagten uns, daß es der Auswuchs einer verspäteten Midlife-crisis war, eine Altersgrille, die sich über kurz oder lang legen würde, und kümmerten uns nicht weiter darum. »Der Kommerzialrat muß allein zur Vernunft kommen.«

Das war Anfang Dezember, noch bevor die Saison begann, und in den Wochen vor Weihnachten hatten wir alle Hände voll zu tun, daß wir später nicht zu sagen vermochten, was eigentlich los war. Die Bemühungen, die wir im Herbst unternommen hatten, schienen sich auszuzahlen, wir konnten uns der Gäste, die das Dorf in Scharen überrannten, kaum erwehren, und obwohl es mit wenigen Ausnahmen alles Billigtouristen waren, Sensationslustige oder Scharfmacher, blieb die Katastrophe, die wir nach dem letzten Zwischenfall erwartet hatten, aus. Wir sorgten dafür, daß trotz unserer Sparangebote selbst die größten Knauser behandelt wurden wie Leute, die den vollen Preis bezahlten, und baten die Zimmervermieter stillzuhalten, wenn sie für ihr Entgegenkommen von irgendwelchen Nörglern auch noch gepiesackt wurden, wir veranstalteten ›Kennenlernabende im kleinen Kreis‹ und erstickten fast an unserer Freundlichkeit, wir ließen Informationsblätter auflegen, in denen wir uns entschuldigten, und wenn einmal sonst nichts zu tun war, mußten wir nach unseren eigenen Geschäften sehen. (Arnold Pfeiffer und Sebastian Flatscher hatten Schwierigkeiten mit ihrem Personal und konnten sich manchmal schwer freimachen, und ich kam vor lauter Schiunfällen mit dem Gipsen nicht nach, seit es Schnee für nicht nur einen Winter hatte und mein Kollege aus dem Nachbardorf, ein Abstinenzler, wie es selten einen gab, angeblich auf Entziehung war.) Daneben hatten wir für nichts anderes Zeit, und das Gerede über Zusammenstöße zwischen unserem Freund und dem Steirer machte wahrscheinlich schon lange die Runde, als wir endlich darauf aufmerksam wurden, aber wir beschwichtigten uns: »Wahrscheinlich ist es nur ein Mißverständnis.«

Wir hatten noch nicht angefangen, allem nachzugehen, als wir den Kommerzialrat zum ersten Mal seit Wochen wiedersahen. Das war am Tag vor dem Heiligen Abend, auf dem Begräbnis des Zwillingsbruders von Angelus Scheiber, und wir verstanden nicht, warum er dort überhaupt auftauchte, noch dazu in Begleitung seiner Frau, wo er doch wissen mußte, daß die Verdächtigungen im Zusammenhang mit dem alten Herrn, ihrem ehemaligen Mann, und seinem mysteriösen Tod wieder aufkommen würden. Offenbar machte er sich nichts daraus, oder er überhörte das Getuschel, während er Arm in Arm mit ihr in der vordersten Reihe stand und das Brimborium des Pfarrers verfolgte, als wollte er sichergehen, daß es kein Schwindel war, aber wenn wir uns umschauten, wie viele Blicke auf ihn fielen, ahnten wir, er hatte immer schon mehr Gegner als Befürworter gehabt und seine Positionen so lange nur einnehmen können, weil er der einzige war, der sich darum riß.

Beim letzten Begräbnis, das mehr als zehn Jahre zurücklag, dem des Bergführers Franz Joseph Schatz, eines Dampfplauderers und Schwadroneuers sondergleichen, der mit seiner Stilisierung als ›Retter der Stratosphärenflieger‹ und seinen ewigen Ballongeschichten zeit seines Lebens Geld gemacht hatte, waren wir gemeinsam mit dem Kommerzialrat Sargträger gewesen, und es gab ein Photo, auf dem wir in unseren schwarzen Anzügen, alle mit verschränkten Armen und abweisenden Blicken, vor den Statuen am Friedhofseingang standen, neben uns Felicitas Fiegl und Philomena Valentiner, wie wir später in Erfahrung brachten, Damen unbestimmbaren Alters, unter riesigen Hüten versteckt, die in ihrer Jugend, bevor sie weggeheiratet hatten, beide irgendwann einmal Verlobte des Verstorbenen gewesen waren. Davon hing eine Vergrößerung in der Halle des Hotel Post, und wir ahnten lange nicht, was unser Freund in sie hineinlegte, und konnten nur staunen, wie aufgeregt er manchmal wirkte, wenn wir davor standen. Dann mußten wir glauben, wir wären gemeint, und wir wußten nicht, wie wir reagieren sollten, und reagierten gerührt, gingen vor dem Bild wie für eine weitere Aufnahme in Stellung, luden ihn an die Theke ein oder tranken zum wiederholten Mal mit ihm Bruderschaft und stammelten Sentimentalitäten zusammen, bis wir endlich begriffen, daß für ihn nicht wir wichtig waren, sondern der Schwarze Luis und der Weiße Hans mit ihrem in Stein gehauenen Monument.

Wir wußten, daß unser Freund eine Vorliebe für Statuen hatte, daß er das Unding auf dem Parkplatz vor seinem Haus, Angelus Scheiber in Überlebensgröße, regelrecht anhimmelte und manchmal sogar nach Innsbruck fuhr, um irgendwelche Skulpturen zu sehen, und, wenn er zurückkam, kaum auszuhalten war, weil er versuchte, uns Banausen zu belehren. Wir hatten immer nur darüber gespottet und waren schließlich so weit gegangen, ihm im Scherz ein Denkmal zu versprechen, wir hatten schon einen Ort dafür ausfindig gemacht, zwischen den Zollhäusern, unmittelbar vor der Schule, und trieben das Spiel voran, als wir merkten, daß er tatsächlich darauf ansprang, es einmal eine schöne Vorstellung nannte, ein anderes Mal halbherzig ablehnte und dann wieder schwieg oder nur sagte, wir müßten selbst entscheiden, was angemessen sei. Als es uns zu viel wurde und wir über Monate nichts davon verlauten ließen, wollte er wissen, ob wir alles schon vergessen hatten, und wir waren überrumpelt, wir fanden nicht sofort den richtigen Ton und antworteten ausweichend, daß von da an das Thema tabu war, wenigstens wagten wir nicht mehr, damit anzufangen, und er ging uns so lange aus dem Weg, bis wir ihm einen Brief mit unseren untertänigsten Entschuldigungen schrieben.

Die Auftritte, die er in der Woche nach Weihnachten hatte, erinnerten uns wieder an alles. Denn es war tatsächlich etwas Statuenhaftes an ihm, wenn er mit seinem Gewehr, ohne das man ihn nicht mehr zu Gesicht bekam, auftauchte und, statt zu grüßen, Brust heraus, Bauch hinein, strammstand, eine plötzliche Versteinerung. Schon in seinen Bewegungen deutete sich das an, in seinem Gang, seinem Trippeln, Halbschritt für Halbschritt, oft wirkte es, als wären ihm alle Zehen abgefroren, und sobald man nur auf den Oberkörper achtete, ähnelte es dem Dahinrollen eines Roboters auf Rädern. Wenn er sich vorher so lange nicht hatte anschauen lassen, wahrscheinlich war er nur in der Dunkelheit aus dem Haus gegangen, schien er auf einmal wieder ständig unterwegs zu sein, und wenn wir am Nachmittag im Café Tirol saßen, konnten wir ihn meistens nicht nur einmal vorbeischnüren sehen, in seinem grauen Overall, den er immer anhatte, eine uniformähnliche Montur, und wir sagten: »Der Kommerzialrat scheint auf Patrouille zu sein.« (»An unserem Freund ist ein General verlorengegangen«, hatten wir davor schon manchmal gesagt, wenn uns seine Steifheit aufgefallen war. »Daran besteht kein Zweifel.«)

Wir schauten ihm zu, wie er von einem Dorfende zum anderen ging, von der Kirche zur ›Alpenrose‹ und wieder zurück, mehrmals hintereinander, zwischendurch legte er Pausen ein, wie um Ausschau zu halten, und an den Endpunkten riß es ihn regelrecht herum. Dann hatte er etwas von einem Tier im Käfig, von einem Ungeheuer aus der Vorzeit, einem Vertreter einer ausgestorbenen Art, wenn man ihn aus der Nähe sah, mit seinem mienenstarren Gesicht und den Dampfwolken von seinem stoßweisen Atem. Wir wußten, daß er niemanden um sich ertrug, außer, angeblich, auf einmal wieder seine Frau, und längst hatten wir aufgehört, uns zu fragen, ob er angetrunken war, wenn er mit einer Unerbittlichkeit, die nur ihm eigen sein konnte, an seinen Freunden vorbeimarschierte, ohne sie zu sehen. Manchmal wirkte es auf uns, als wäre es nicht er, der daherkam, sondern ein Stellvertreter, der ihn spielte und in allem übertrieb, daß es nur eine Karikatur wurde, und wenn wir überhaupt auf ihn antworteten, antworteten wir am ehesten mit einem Lachen.

Am Stephanstag, früh am Morgen, kam die Diva an und mietete sich nicht bei unserem Freund, sondern wieder in ihrem Stammhotel ein, und wir wunderten uns, als wir von der Besitzerin der ›Bar‹, die immer alles wußte, erfuhren, daß sie nach einem Wortgefecht mit ihm am selben Abend noch auf Nimmerwiedersehen verschwunden war. Wir forschten nicht weiter nach, womit er sie beleidigt hatte, aber wir machten uns unsere Gedanken und kamen wieder auf das Gerede zurück, und wenn wir zuerst noch daran gezweifelt hatten, allein schon aus Widerspruchsgeist, waren wir uns auf einmal sicher, daß etwas dahinterstecken mußte, wenn es so viel Aufsehen gab. Vielleicht hatte er dem Steirer wirklich gedroht, ihn vor anderen Leuten einen Betrüger genannt und ihm empfohlen, abzuhauen, wenn er nicht wollte, daß ein Unglück geschah, und wir waren naiv, wenn wir ihm nicht zutrauten, daß er im Zweifelsfall auch weiterging. Das Bild, das wir von ihm hatten, ließ solche Ausfälle nicht zu, wir kannten ihn als einen Herrn, der Wert darauf legte, sich richtig zu kleiden, der ›Guten Tag‹ statt ›Grüß Gott‹ sagte und seiner Frau die paar Male, bei denen sie zusammen ein Lokal betraten, den Vortritt ließ, und nur wenn wir uns erinnerten, wie er mitunter über seine Töchter gesprochen hatte, wie er sagen konnte, daß sie ihm ihr Leben verdankten, wie er sie meine Große und meine Kleine nannte und ihnen Kosenamen gab, vermochten wir uns vorzustellen, zu welchen Dummheiten er imstande war.

Wenn alles stimmte, was wir zu Ohren bekamen, war es lächerlich, wie er sich zum Narren machte, aber wir hatten keinen Grund, ihn daran zu hindern. Wir sahen, daß seine Töchter nichts mit dem Steirer zu schaffen hatten und auch nichts mit ihm zu schaffen haben wollten, seit er wieder im Dorf war, Thérèse ignorierte ihn, sooft er in der Milchbar auftauchte, wo sie mit Beginn der Saison eine Stelle angetreten hatte, und wenn Sophie ihn überhaupt wahrnahm, schien es viel zu sein. Ausgerechnet aus ihm einen Weiberhelden zu machen, war schon ein Ding, noch dazu wo sich hinter den beiden Mädchen nicht unbedingt Schönheiten verbargen, und wir brauchten uns nur zu vergegenwärtigen, wie unser Freund erzählen konnte, daß der Kerl als Barkellner in seinem Hotel in einer Nacht ein eindeutiges Angebot von einer noch nicht lange verheirateten Frau und, unabhängig davon, wenig später auch eines von ihrem Mann bekommen hatte, um zu wissen, wie weit es war. »Der Kommerzialrat führt sich auf wie ein Gehörnter.«

Es war noch vor Silvester, als er ohne Vorankündigung mit seinen Schießübungen begann. Wenn er bis dahin sein Gewehr nur spazieren getragen hatte, stellte er auf einmal mitten in der Geröllhalde hinter der Neubausiedlung Dosen auf und schoß auf sie aus nächster Nähe Magazin um Magazin leer. Mehrere Tage nacheinander, vor Einbruch der Dämmerung, konnte man ihn seinen immer gleichen Platz einnehmen sehen, und wenig später war die Ballerei im ganzen Dorf zu hören. Das dauerte nicht lange, eine Viertelstunde vielleicht, ehe es wieder still wurde, und man sah, wie er sich entweder sofort nach Hause verzog oder an Ort und Stelle stehenblieb, bis er in der Dunkelheit verschwand.

Beinahe hatten wir uns schon daran gewöhnt, als wir gebeten wurden, das Treiben zu stoppen. Wir mochten es, wie das Knallen einzelner Schüsse nach und nach in ein richtiges Geknatter überging und schließlich in ein paar Schlägen scheinbar kraftlos auströpfelte, und wollten die Aufregung nicht verstehen. Tatsächlich waren es auch weniger Einheimische, die sich beklagten, als Gäste, von denen manche so taten, als könnte unser Freund ihnen allen den Garaus machen. Der Steirer hingegen blieb vollkommen ruhig, wenn wir ihm damit kamen, und die paar Male, bei denen wir ihn in der ›Bar‹ besuchten, lachte er nur auf unsere Fragen, ob er Angst hätte, und etwaige Bedenken waren im selben Augenblick verflogen. »Der Narr wird sich doch nicht unglücklich machen«, sagten wir uns, und es war klar, daß wir ihn in Frieden ließen. »Es kann nicht lange dauern, bis das ein Ende hat.«

Die Ungewißheit, in die wir in der Folge verfielen, hatte ein Ende, als die Gendarmen zum ersten Mal im Dorf erschienen. Das war Anfang Jänner, am Tag vor Dreikönig, gerade als der Pfarrer von der Rettung weggebracht wurde, nachdem Passanten ihn ohne Bewußtsein vor seinem Haus entdeckt hatten, und wir standen mitten unter anderen Schaulustigen auf der Straße, als die beiden Kerle, ein Inspektor und sein Gehilfe, die wir nicht kannten, im Schrittempo an der Kirche vorbeifuhren, und warteten vergeblich darauf, daß sie vor dem Hotel Post hielten.

Der Grund ihres Kommens war nicht der Kommerzialrat, sondern der Steirer, und wir mußten uns die Geschichte, um die es offenbar ging, nach und nach zusammenbuchstabieren. Obwohl wir nichts Genaues in Erfahrung brachten, war es wenigstens so viel, daß wir zum Schluß wußten, daß unser Freund den Kerl angezeigt hatte, weil er nicht angemeldet war. Die Details interessierten uns auch gar nicht, und wenn die Rede von Steuerhinterziehung, von Alimentezahlungen und einem ansehnlichen Vorstrafenregister war, nahmen wir die Stichworte auf und hatten sie im selben Augenblick schon wieder vergessen. Wir ignorierten alles, was nicht unmittelbar mit den beiden zu tun hatte, und schauten seit dem Auftauchen der Gendarmen ohne Aufregung zu, wie sie sich das Leben zur Hölle machten.

Denn plötzlich ging es Schlag auf Schlag. Zumindest verstrich kaum mehr ein Tag, an dem nichts geschah, angefangen mit den aufgeschlitzten Reifen am Geländewagen des Kommerzialrats über den in der Nacht festgefrorenen Schneehaufen vor seiner Haustür und die zerschlagenen Lampen auf der Terrasse bis hin zu Schrotkörnern im Fell seines Hundes gab es immer etwas anderes, und manchmal hatten der Inspektor und sein Gehilfe das Dorf soeben erst verlassen, als sie schon wieder zurück waren und entweder vor dem Hotel Post oder vor der ›Bar‹ hielten. Alles schien sich vor ihren Augen abzuspielen, und tatsächlich explodierten einmal, offenbar aus einem Fenster geworfen, Knallkörper über ihren Köpfen, und sie gingen in Deckung, ein anderes Mal war das Blaulicht ihres unversperrten Autos eingeschaltet, als sie von einem Rundgang zurückkamen, und wieder ein anderes Mal standen sie überall vor verschlossenen Türen.

Auch wenn die Straßenverhältnisse schlecht waren, konnten sie zu jeder Tages- und Nachtzeit auftauchen, auf einer ihrer Kontrollfahrten, mit provozierender Langsamkeit in der stundenlang anhaltenden Dämmerung zwischen den Häusern umherkurven und, ohne daß sie aus ihrem Wagen gestiegen wären, wieder verschwinden, sie konnten in der Milchbar oder im Café Tirol einkehren, wo sie wie selbstverständlich den Status von Stammgästen einnahmen, und mit ihren Mützen auf dem Kopf im Stehen einen Kaffee trinken, sie konnten Leute befragen oder einfach nur ›Präsenz zeigen‹, und alles, was dabei herauskam, schien zu sein, daß nach einer Woche schon niemand mehr wissen wollte, ob sie aus der Gegend waren oder Beamte von auswärts, Strafversetzte oder Freiwillige, die sich vorher nicht überlegt hatten, welchen Posten sie antraten.

Die Ermittlungen, die sie anstellten, blieben vergeblich. Dem Steirer war nichts nachzuweisen, und auf den Verdacht, der Kommerzialrat könnte sich die ganze Zeit selbst sabotiert haben, kamen sie wahrscheinlich gar nicht. Dafür hatten sie andere Erfolge, sie nahmen einem Betrunkenen nach einer Hetzjagd durch das halbe Tal den Führerschein ab, fingen einen Verwirrten ein, auf den sie mitten in der Nacht, weit draußen auf der Straße, gestoßen waren, und schlichteten in der ›Bar‹ nicht nur einmal eine Schlägerei, mit einem Eifer, wie es schien, als wäre es ihnen schon genug, wenn sie etwas in der Hand hatten, unabhängig davon, was es war.

Dann blieb es eine Weile ruhig. Außer Haus sah man fast niemanden, seit die Weihnachtsgäste abgereist waren, und auch die Lokale, die alle offen hatten, standen bis auf die immer gleichen Galgenvögel leer. Ohne Unterbrechung schien es zu schneien, mit einer Selbstverständlichkeit, als schneite es seit Anbeginn der Welt, aber die Flokken waren so winzig, punktgroße Körner, manchmal nichts als Lichtpartikel, daß die Schneehöhe nur unmerklich zunahm. Mitten am Himmel, ob es die Sonne sein konnte oder nicht, schimmerte tagelang eine farblos blasse Scheibe durch die Wolkendecke, und Nacht für Nacht war Vollmond. Die Stille, die über Stunden herrschte, wurde plötzlich vom Bellen eines Hundes zerrissen, vom Schrillen einer zum Test ausgelösten Alarmanlage, oder es waren die Schüsse der in Rudeln umherstreifenden Jäger, die aus der Ferne kamen.

Wir erwarteten, der Steirer würde sang- und klanglos verschwinden, als er von neuem in der ›Bar‹ hinausgeworfen wurde, am Tag, wie es später immer wieder hieß, an dem der Aushilfspfarrer auftauchte, und wunderten uns, weil wir hörten, daß er überall vergeblich versuchte, Arbeit zu bekommen. Wir wußten nicht, ob der Kommerzialrat dahintersteckte, aber möglich war es schon, und als der Kerl anfing, sich in der Kälte stundenlang vor dem Hotel Post aufzustellen, als hätte er den Auftrag, das Gebäude zu bewachen, und von unseren Warnungen unberührt blieb, ahnten wir, daß das Ende nahe war, und verließen kaum noch unseren Beobachtungsposten, den wir in der Milchbar eingenommen hatten. Dort saßen wir ganze Nachmittage und schauten zu, wie unser Freund von Zeit zu Zeit aus dem Haus trat und, sein Gewehr in der Hand, an ihm vorbeischlich, als wäre er nicht da, um sich irgendwo in seiner Nähe zu postieren und ihn nun nicht mehr aus den Augen zu lassen, während wir Wetten abschlossen, wem es zuerst reichte, und weitum alles stillzustehen schien.

Dann wurde der Steirer, der schließlich als Taxifahrer Unterschlupf gefunden hatte, von einem Schlägertrupp verprügelt. Die Rede war von einem Rollkommando, einer Handvoll Vermummter, die ihm aufgelauert hatten, und obwohl kein Mensch daran zweifelte, daß der Kommerzialrat schuld war, fehlten einmal mehr die Beweise, und es nützte nichts, daß die Gendarmen sich die Mühe machten, auf der Suche nach Hinweisen von Haus zu Haus zu ziehen. Mochten sie sich auch noch so viele Leute einzeln vornehmen, voller Akribie Aussage mit Aussage vergleichen und Widersprüchen auf den Grund gehen, zuletzt kam immer dasselbe heraus, niemand hatte etwas gesehen, niemand etwas gehört.

Wir wußten nicht, was tun, als sie sich einmal während einer Pause in der Milchbar zu uns setzten, ob wir versuchen sollten, unseren Freund zu unterstützen, oder nicht, taten schließlich weder das eine noch das andere, und wir atmeten auf, als das Thema vom Tisch war. Dann brauchten wir nicht lange, bis wir sie so weit hatten, daß sie mit uns etwas tranken, wir übergingen ihr Getue einfach, von wegen Dienst, schafften Runde um Runde an und prosteten ihnen zu, und wenn sie anfangs noch gezögert hatten, ließen sie sich am Ende nicht mehr bitten, nahmen ihre Mützen ab und hielten mit. Der Morgen brach an, als sie sich aufmachten, und wir traten mit ihnen ins Freie, umarmten sie zum Abschied und schauten zu, wie sie ohne Licht und fast lautlos in ihrem Wagen davonzuckelten und erst, als sie außerhalb des Dorfes waren, auf einmal mit voller Beleuchtung verschwanden, als wäre der Allmächtige hinter ihnen her.

Als wir die ersten Flugblätter in die Finger bekamen, hofften wir noch, daß es nur ein verfrühter Faschingsscherz war. Wir sammelten sie ein, wo wir sie fanden, vor allen Häusern verstreut, auf den Toiletten der ›Bar‹ und am Kircheneingang unter den dort aufliegenden Missionsschriften und erbaulichen Broschüren, und wenn wir sie zerrissen in den nächsten Papierkorb gesteckt hatten, schauten wir, ob wir beobachtet wurden, und wischten uns im Schnee die Hände ab. Dann überlegten wir nicht lange und suchten das Weite, als müßten wir uns vor einer Bombe in Sicherheit bringen, die jeden Augenblick explodieren konnte, und wenn wir später irgendwo saßen, wußten wir nicht, was sagen, und sahen uns mit der Erleichterung von Überlebenden an.

Das war in der letzten Jännerwoche, und nachträglich sollten uns die Ereignisse in den Tagen davor nur als Geplänkel erscheinen, das die Aufregung nicht wert war. Nach wie vor schien es die ganze Zeit über zu schneien, in plötzlichen Schauern, die sofort wieder abbrachen, aber es konnte gar nicht genug Schnee fallen, um den Dreck zuzudecken, mit dem der Kommerzialrat beworfen wurde, als nach den Flugblättern, im selben Wortlaut, Postsendungen kamen, an sämtliche Haushalte, im Nachbardorf abgestempelt und selbstverständlich ohne Absender, und wir auf der Fassade seines Hauses Schmierereien mit Beschimpfungen entdeckten, von denen ›Schwein‹ noch die glimpflichste war. Da hatte es keinen Sinn, wenn wir versuchten, mit geschlossenen Augen daran vorbeizuschleichen und trotzdem so zu tun, als könnten nur wir sehen, was los war, in der Hoffnung, alle anderen würden schon schweigen. »Damit ist niemandem geholfen«, sagten wir uns, als es fast schon zu spät war. »Wir müssen etwas unternehmen.«

Tatsächlich schien es längst Wirtshausgespräch zu sein, als wir uns zum ersten Mal öffentlich zu den Schweinereien äußerten, und obwohl wir Zweifel hatten, wichen wir nicht von unserer Meinung ab: »Der Kommerzialrat ist ein Ehrenmann.«

Die Anschuldigungen mochten noch so schwer sein, wir standen zu unserem Freund, wir sahen uns gezwungen, zu ihm zu stehen, wenn es nach wenigen Tagen schon als Gewißheit galt, daß, Obszönitäten hin, Obszönitäten her, an der Behauptung, er hätte sich über Jahre an seinen beiden Töchtern vergangen, etwas dran war. Das Kind, ging das Gerücht, Thérèse' Nachwuchs, mußte von ihm sein, oder, man brauchte sich Sophie nur anzusehen, um zu wissen, welche Schwierigkeiten sie hatte, und wenn uns alles zu viel wurde, wußten wir nicht, was dagegen zu tun war. Wir beschränkten uns darauf, die Narren zurückzuhalten, die ihm an den Kragen wollten, schritten ein, als ein paar Betrunkene drauf und dran waren, das Hotel Post zu stürmen, um ihn zur Rede zu stellen, sprachen mit den Frauen vom Kirchenverein, die sich angeblich um das Seelenheil der Mädchen Sorgen machten und ihn zur Hölle wünschten, und sahen, daß er niemanden hatte, außer dem Aushilfspfarrer und der Besitzerin der ›Bar‹. »Beide sind Heuchler«, hieß es, als bekannt wurde, daß sie Kontakt zu ihm hatten. »Der Neger weiß nicht, was er tut, und die Puffmutter will sich nur interessant machen.«

Die meisten Leute schienen es kaum erwarten zu können, daß unser Freund zu Fall kam, und auf einmal legten sie alles als Beweis gegen ihn aus, angefangen damit, daß er ein Emporkömmling war, über die unzähligen Affären mit seinem Personal bis hin zum letzten Techtelmechtel mit der Diva, und wenn ihnen sonst nichts mehr einfiel, kamen sie mit ihren Ressentiments, daß er sich offenbar für etwas Besseres hielt, sagten, sie würden auf seinen Kommerzialratstitel scheißen, oder lachten über den Größenwahn, in einer Gegend, in der es so lange Winter blieb, einen offenen Wagen zu haben.

Wir schworen darauf, daß er zu Unrecht im Zwielicht stand, und wenn wir uns erinnerten, wie er immer wieder erzählt hatte, daß er manchmal nicht genug zu kriegen vermochte, wenn er seinen Töchtern im Schwimmbad zusah, auf dem Tennisplatz, oder sooft sie vom Laufen zurückkamen und sich in ihren verschwitzten Kleidern zu ihm an den Küchentisch setzten, schien es nur ein Beweis seiner Harmlosigkeit zu sein. Denn für uns war er ein Träumer, der sich in Kleinigkeiten hineinsteigern konnte, auch wenn nicht viel dahintersteckte, und wir sahen in den Photos, auf denen er die Mädchen an sich drückte, daß es ihnen die Brüste unter seinen Händen hervorquetschte, nichts Anstößiges, sondern einen Versuch, seine Welt zusammenzuhalten. Alles andere hatte keine Bedeutung, oder es sprach in unseren Augen nur für ihn, ob es um die paar Male ging, bei denen er zusammen mit uns in einem Puff gewesen war, um seine Vorliebe für Extravaganzen oder sein Trinken, und wir sagten uns, solange er kein Moralapostel war, mußten wir ihm nichts vorwerfen.

Die Aufregung blieb ein paar Tage lang so groß, daß niemand wissen wollte, ob der Steirer nicht vielleicht an allem unschuldig war. Dann stellte sich heraus, daß die Flugblätter und Postsendungen auf der Schreibmaschine des Kommerzialrats geschrieben worden sein mußten, einem amerikanischen Modell, das ihm ein Anwalt, der sein Zimmer nicht bezahlen konnte, vor Jahren hinterlassen hatte, ein Prachtstück ohne Umlaute und ohne scharfes ›s‹, das rund um die Uhr frei zugänglich in der Hotelhalle stand, und auf einmal kamen auch andere als Urheber in Frage, zumal es genug Leute gab, die mit ihm eine Rechnung offen hatten. Auf jeden Fall lenkten die Dreckschleudern, die sich sofort einschalteten, den Verdacht nacheinander auf seine Frau, auf Thérèse und Sophie, und nachdem sie damit keinen Anklang gefunden hatten, probierten sie das ganze Dorf durch und gaben sich erst zufrieden, als das Gerücht die Runde ging, daß er es selbst gewesen war.

Wir hatten den Inspektor und seinen Gehilfen erwartet, als wir von einer Anzeige hörten, aber statt der beiden Gendarmen tauchten auf einmal Polizisten aus Innsbruck auf, die sich von weitem schon als Bluthunde ausmachen ließen, obwohl sie in Zivil waren. Wir beobachteten, wie sie das Hotel Post betraten, und wunderten uns, weil es Stunden dauerte, bis sie wieder herauskamen, war doch der Kommerzialrat mit seiner Frau und dem Kind allein, Thérèse seit dem ersten Auftauchen der Anschuldigungen unauffindbar und Sophie entweder in der Schule oder auch verschwunden. Mehr brauchten wir nicht, um zu wissen, daß es nichts Gutes bedeuten konnte, wenn sie sich an sonst niemanden wandten, weder an den Steirer noch an einen von uns, und, ohne durch das Dorf zu spazieren und wenigstens Interesse zu mimen, nach einem flüchtigen Blick auf die Wandschmierereien ungeniert abzogen.

Das war nach Einbruch der Dämmerung, und wir standen schweigend vor der Milchbar, als sie an uns vorbeifuhren, starrten im Schein der Straßenlaternen auf ihre kahlrasierten Schädel, die, grünlich gelb glänzend, vom Gerüttel des Wagens hin- und hergeworfen wurden, und sahen uns an, als wären wir Zeugen einer Erscheinung. Bevor wir wieder unsere Plätze an der Theke einnahmen, mit Blick auf das Hotel Post, das bis auf den Eingang unbeleuchtet war, warteten wir eine Weile, lauschten auf die Geräusche, die aus dem Stall nebenan kamen, ein Schaben und Scharren, Kettengeklirr, wie seit Ewigkeiten, und schauten dem Hund zu, der auf dem Misthaufen davor im Dreck wühlte und nach einem Pfiff, irgendwo aus dem Dunkeln, mit eingezogenem Schwanz davonlief. Wir sprachen nicht darüber, aber wir hatten wahrscheinlich alle das gleiche Gefühl der Erleichterung, als es im Mondlicht auf einmal fast taghell wurde und wir uns endlich loszureißen vermochten, während rundum der Schnee glitzerte und funkelte, als würde sich der Sternenhimmel darin spiegeln.

Der Tag darauf war Anreisetag, und wir mußten uns wieder ins Zeug legen, um auch dem neuen Schub Gäste versichern zu können, daß nichts mehr zu befürchten war. Davor schon hatten wir die Schweinereien auf der Fassade des Hotel Post übermalen lassen, weil der Kommerzialrat nichts dagegen tat, wir hatten mit dem Steirer gesprochen und ihn gebeten, sich eine Zeitlang zurückzuhalten, wenn er dahintersteckte, wir hatten einen Ausflug ins Nachbardorf unternommen und dem Gendarmeriekommandaten, einem Bekannten von uns, erklärt, warum wir in den nächsten paar Wochen keine Uniformierten zu Gesicht bekommen wollten, und waren überzeugt, daß es sonst nichts zu tun gab. Wir brauchten uns keine Sorgen zu machen, und wenn wir trotzdem nicht davon loskamen, war es nur unser Wissen, wie schnell alles umkippen konnte, ein Warmwettereinbruch, eine Lawinenkatastrophe oder sonst etwas, das wir nicht zu steuern vermochten, und wir steckten im Schlamassel.

Wir hatten den Kommerzialrat schon länger als eine Woche nicht gesehen, als wir seine Frau auf der Straße trafen und von ihr erfuhren, daß er nicht mehr aus dem Haus ging und im Haus kaum aus seinem Arbeitszimmer, manchmal nur zum Essen, oder um den Hund auf die Straße zu lassen, und sie war es auch, die uns von den Drohanrufen erzählte, die er vor dem Dunkelwerden angeblich immer bekam. Wir hatten nie mehr daran gedacht, ihn aufzusuchen, aber als wir von ihr darauf aufmerksam gemacht wurden, daß wir seine einzigen Freunde waren, gaben wir vor, drauf und dran gewesen zu sein, und wußten nicht, was sagen, als sie uns vorwarf, daß er seit Monaten keine Besucher gehabt hatte, außer den Kirchenvereinsfurien, die nicht nur einmal mitten in der Nacht in Kompaniestärke aufmarschiert waren, um ihm die Leviten zu lesen. Zu guter Letzt begleiteten wir sie ein Stück ihres Weges, und wir wunderten uns, was in sie gefahren war, daß sie die ganze Zeit über ihn sprach, wo sie doch sonst oft so getan hatte, als wäre er ihr egal, und als wir umkehren wollten, legte sie los, nannte uns Schlappschwänze, die in seiner Schuld standen und zu feig waren, etwas für ihn zu tun, drehte sich um, zögerte einen Augenblick und stürmte davon, ohne auf unsere Antwort zu warten.

Dann vergingen ein paar Tage, ohne daß wir etwas über den Kommerzialrat zu Ohren bekamen. Wir versuchten, die Begegnung mit seiner Frau zu vergessen, aber als wir hörten, daß die Statue von Angelus Scheiber vom Sockel gekippt worden war und vor seinem Schlafzimmerfenster in voller Länge auf dem Boden lag, wußten wir, was es für ihn bedeutete, wir brauchten uns nur daran zu erinnern, mit welcher Rührseligkeit er manchmal von seinem alten Herrn gesprochen hatte, wenn er angetrunken war. Tatsächlich mußte es in seiner Welt einem Anschlag auf Leib und Leben gleichkommen, angenommen, es stimmte, daß er nicht mehr von einem Vandalenakt, sondern von seinem Schicksal sprach, und wir überlegten uns eine Zeitlang allen Ernstes, ob wir ihm Beileid wünschen sollten, weil uns das Gerede nicht in Ruhe ließ, daß er vor dem leblosen Koloß weinend in die Knie gesunken war.

Wahrscheinlich brauchte es danach nicht mehr viel, und das Wenige besorgte der Reporter des Bezirksblatts, der sich seit einiger Zeit schon im Dorf herumtrieb, ein unscheinbarer Mensch mit dem Blick eines geschlagenen Hundes und einer Ausdünstung von Angstschweiß, dem die meisten Leute von weitem schon auswichen, mochten sie zum Kommerzialrat stehen, wie sie wollten. Zumindest war der Kerl fast überall abgeblitzt, und wenn er dennoch von einem Tag auf den anderen stets von neuem erschien und sich vor dem Hotel Post aufstellte, wahllos herumphotographierte oder es im Café Tirol darauf anlegte, etwas aufzuschnappen, schien es ihm nur um den Beweis zu gehen, daß er nicht umzubringen war. Obwohl er wie Dreck behandelt wurde, ließ er sich nichts anmerken und trat wie der selbsternannte Vertreter einer modernen Inquisition auf, wenn er in seinem lächerlich zerknitterten Staubmantel vor einer Gruppe von unverbesserlichen Säufern oder allein zu Gericht saß.

Der Bericht, den er angeblich unter Mithilfe des Steirers zusammenstoppelte, machte den Skandal offiziell, und während im Dorf auch die größten Schreier verstummten, als sie die Anklagen schwarz auf weiß sahen, wurde allen klar, daß es einen Weg zurück nicht gab. Obwohl auf einmal niemand mehr etwas gesagt haben wollte, schien es nur eine Zusammenfassung der altbekannten Gerüchte zu sein, aber natürlich war es das eine, sich das Maul darüber zu zerreißen, und etwas ganz anderes, wenn es geschrieben stand. Da verwandelte es sich notgedrungen in ein Tabu, etwas, das nur Existenzen beschäftigte, die ihr Geld nicht mit ehrlicher Arbeit verdienten, und wenn überhaupt noch Zweifel aufkamen, lag darin ein Beweis, daß nichts mehr aus der Welt zu schaffen war.

Es war wenige Tage danach, Mitte Februar, und über Nacht hatte es trotz der vorher schon herrschenden Kälte noch einmal einen Temperatursturz gegeben, als Schulkinder den Kommerzialrat entdeckten. Mit offenen Augen an die Friedhofsmauer gelehnt, lag er im Schnee, und die Freiwilligen, die ihn fortschafften, bevor die ersten Gäste unterwegs waren, wußten zu berichten, daß sie ihm die Glieder brechen mußten, um ihn auf der Bahre auszustrecken, und erzählten stets von neuem, er hätte ausgesehen, als wäre er schon länger dagelegen, so verwittert, wie er zu sein schien. Der Hund war nicht bei ihm, auch wenn es im nachhinein oft und oft behauptet wurde, und er blieb verschwunden, bis man ihn im Frühjahr, als es taute, mit zerschmettertem Schädel am Waldrand auffand. »Es ist gut, daß das Schwein nicht mehr lebt«, wurden spätestens da Stimmen laut. »Der Herr soll seiner Seele gnädig sein.«

Mitten am Vormittag war es, als sich die Nachricht verbreitete, und das Glockenläuten, das plötzlich mit einem Grollen wie tief aus dem Erdinneren einsetzte, schien nicht mehr aufhören zu wollen und ging schließlich in das Heulen und Wehklagen der Sirene über, einen Ton, der stets von neuem anschwoll, umkippte und sich im Unendlichen verlor. Auf der Straße liefen von überall Leute zusammen und verschwanden sofort wieder in ihren Häusern, ausgenommen ein paar Grüppchen, die unter einem Himmel, der bis zur Bodenlosigkeit klar wirkte, im Freien stehenblieben, ehe später am Tag auch sie nicht mehr zu sehen waren. Dann lag das Dorf da, als wäre es aus der Welt gefallen, und als mit Einbruch der Dunkelheit Wolken aufzogen und auf einmal der Geruch von Schnee in der Luft war, kehrte eine Stille wie für immer ein.

Der Kommerzialrat hatte sich am Tag davor an mehreren Orten noch einmal sehen lassen, schon am frühen Morgen, als er mit dem Hund durch die Neubausiedlung am Bachrand gestreift war, wenig später vor der Talherberge des Alpenvereins, vor der Kirche und vor der Bäckerei, und am Nachmittag zuerst zwischen den Zollhäusern und dann bis nach dem Dunkelwerden abwechselnd in der Milchbar und im Café Tirol, und wenn es stimmte, was die Leute sagten, die ihm begegnet waren, wirkte er so, wie man ihn aus besseren Zeiten kannte, obwohl er es in den Lokalen ausschlug, sich irgendwo dazuzusetzen, und abseits blieb. Ohne Zweifel war er nicht nüchtern, wenn er sich so lange aufrecht zu halten vermochte, ein Prellbock in seinem schwarzen Anzug, den er seit Jahren nicht mehr getragen hatte, ein Kleidungsstück, das, an allen Ecken und Enden gestärkt, etwas von einer Rüstung ausstrahlte, und seine Zurückhaltung mußte gespielt sein, ob er andere damit narren wollte oder sich selbst. Wahrscheinlich hatte er seinen eigenen Vorrat und nahm Schluck um Schluck aus der Flasche, wenn ihm niemand zuschauen konnte, in einen Hauseingang gedrückt oder auf einer Toilette, und es war nicht abwegig, sich auszumalen, wie er dabei lächelte, wie er immer gelächelt hatte, wenn er glaubte, irgendwelchen oft nur vermeintlichen Widersachern ein Schnippchen geschlagen zu haben, auf seine unnachahmliche Art, die ihm auch im Alter noch etwas Spitzbübisches verlieh, etwas von einem

Mann, der die Möglichkeit hatte, sich nicht ernst zu nehmen.

Trotzdem blieb vieles im Dunkeln, und man konnte nachträglich nicht sagen, was er noch mitgemacht hatte, nachdem er um Mitternacht zum letzten Mal gesehen worden war. Tatsächlich kam nur Gerede zustande, um so mehr, als die Kommerzialrätin weder mitteilen wollte, ob er einen Abschiedsbrief hinterlassen hatte, noch sonst etwas, als ihr die Unglücksmeldung überbracht wurde und am Nachmittag darauf Thérèse und Sophie, wie auf Abruf bereit, aus ihrer Versenkung auftauchten und sich schon in Trauerkleidern zur Schau stellten, während der Steirer nicht mehr aufzufinden war. Dann ordnete der Distriktsarzt, der gerufen wurde, um den Tod festzustellen, auch noch eine Obduktion an, als er von den Zwischenfällen in den vergangenen Wochen hörte, und obwohl niemand glaubte, daß dadurch etwas zutage kommen würde, was nicht längst bekannt war, ließ sich mit den Möglichkeiten spielen, und eine Weile herrschte eine Erwartung, als könnte jeden Augenblick ein Trickkünstler auftreten und allem eine andere Wendung geben.

Wir hatten das Nachsehen, weil wir den Tag zusammen in Innsbruck verbrachten, auf einem Symposium mit dem Titel ›Tourismus 2000‹, und als wir am Abend zurückkamen, war nicht mehr viel zu tun. Wir konnten nur schauen, daß möglichst wenig an die Öffentlichkeit drang, daß das Begräbnis, soweit wir es überhaupt noch zu beeinflussen vermochten, nicht eine Sensation wurde, und uns bemühen, alles auf sich beruhen zu lassen. Denn daß die Zukunft bereits begonnen hatte, merkten wir am Morgen darauf, als wir die Honoratioren zu einer Versammlung einluden und zuschauen mußten, wie sie sich nach einer Schweigeminute erhoben und auf das Wohl unseres Freundes anstießen, während sie schon durcheinanderredeten, als hätten sie gerade das Geschäft ihres Lebens abgeschlossen und versuchten verschämt, ihre Befriedigung darüber zu verbergen. »Ein solches Ende hat der Kommerzialrat nicht verdient«, sagten wir, als wir wieder allein waren. »Alles was gut und recht ist, aber ein Mensch bleibt ein Mensch.«

Wir wunderten uns, wie schnell unser Freund in den folgenden Monaten in Vergessenheit geriet. Denn wir hätten darauf geschworen, daß er über Nacht zur Legende würde, und wenn wir manchmal noch über ein Denkmal für ihn sprachen, war es meistens nicht mehr voll Spott, sondern am ehesten so, als hätten wir es von vornherein schon abgeschrieben, und wir wehrten uns auch nicht, als die Verantwortlichen im

Gemeinderat unsere Vorschläge ablehnten und als Kompromiß in der Nähe der Unglücksstelle ein Wegkreuz anbringen ließen. Ob wir es wahrhaben wollten oder nicht, wir waren es leid, uns mit ihm zu beschäftigen, und als wir eines Tages von seiner Frau eine Mappe mit Aufzeichnungen in seiner schwer leserlichen Handschrift anvertraut bekamen, ohne daß wir wußten, warum wir auf einmal wieder ihre Gnade fanden, hatten wir lange nicht das Bedürfnis, sie zu entziffern. »Das Zeug kann warten«, sagten wir uns, als wir einen ersten Blick hineingeworfen hatten. »Alles hat seine Zeit.«